Inoue Takehiko

BOSQUEJOS

目录　CONTENTS

安道尔
西班牙
加泰罗尼亚自治区
蒙瑟莱特
波布雷特
修道院
巴塞罗那
利乌多姆斯村
雷乌斯

贝列斯夸尔德
米拉勒之门
古埃尔公园
古埃尔别墅
圣德雷沙学院
文森之家
米拉之家
圣家堂
巴由之家
卡佛之家
皇家广场的街灯
古埃尔宫
城堡公园

4.1星期二 （MARTES）

抵达巴塞罗那的当天，是我一年之中很少遇到的、非常不顺利的一天。我不由得这么想，是因为当天发生了些小插曲。

最令人懊恼的就是行李搞丢这件事。如果是衣服不见，还可以另外买新的。但偏偏就是那个装了画纸、画笔、墨水、颜料，最不能遗失的行李箱失踪了。听说是被留置在巴黎。说好晚上会送来，我等了好久，最后希望还是落空。拜托明天一定要送来啊……

晚上，巴塞罗那队在诺坎普球场有一场冠军赛。马德里竞技足球队一开局就先驰得点，巴塞罗那队虽然力挽狂澜，争取到进攻的机会，但最后还是以平手收场。

明天好像会下雨。

4.2 星期三 （MIERCOLES）

今天要去参观阿罕布拉宫（第一次），所以清晨5点30分就出门了。

原因是从巴塞罗那飞到格拉纳达的班机，只有早上和晚上两个班次。

这个季节太阳露脸的时间较晚，要到7点50分左右天才会亮。早上出门时天色还很暗。

从格拉纳达搭计程车到阿罕布拉宫，大约要30分钟，车资一律是40欧元。抵达目的地时正在下大雨。

拿着湿透的11点30分的门票，进入纳斯尔宫。入场时间好像是每30分钟一次。

太震撼了。

虽然我对建筑外行，但是细节的部分真是让人大开眼界。该怎么说呢，拿漫画来比喻的话，就像是一部500集的长篇巨著，每集都是厚厚一本，每页都是超级大的画面，每个画面都让人眼花缭乱。

尽管画面形形色色，固执地重复同样的细节，却不让人感到厌烦。到底是为什么呢?

老实说，高迪的初期作品之一——古埃尔公园过度花哨的装饰，我个人觉得有点腻。

对于我这种怕麻烦的人来说，我很清楚那是追求压倒性极致的磨炼。要那么精确地描绘大自然的每个细节，简直就像在苦行一样。

话虽如此，只要能够尽情欣赏自然，倒也不觉得厌烦。

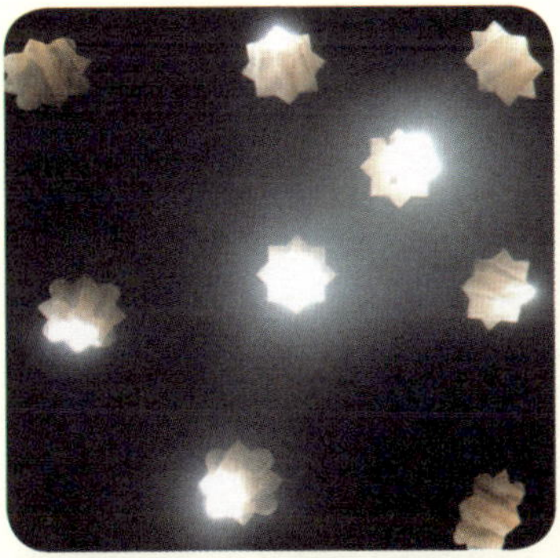

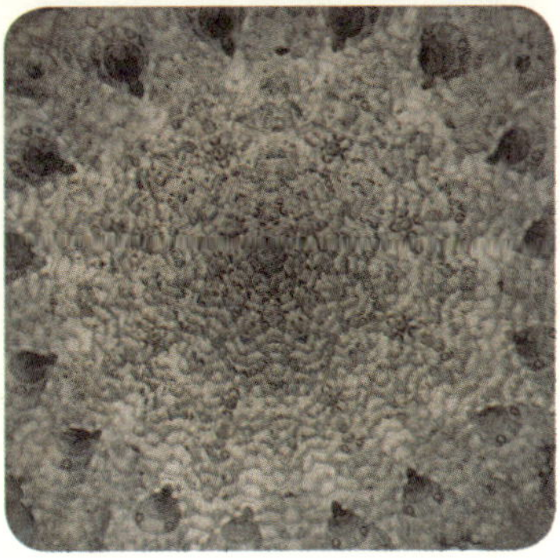

ALHAMBRA

4.3 星期四 （JUEVES）

整天都是阴雨绵绵的寒冷天气。

因为这次是住在宫殿的国营饭店里,因此任何时间都可以去参观。再说，我不想在这么寒冷的天气中淋得全身湿答答，索性就不出门了，窝在室内图个悠闲。

所谓的国营饭店，其实就是西班牙国内的古城堡或是修道院改建而成的饭店。

窗户边缘停了好几只苍蝇。我仿佛听到它们在嘀咕，这么冷的天气，翅膀都变迟钝了，来帮我们画几张吧。于是随手拿起笔在纸上画了几只。对人类而言，苍蝇算是昆虫界中垫底的那几名吧。可是画着画着，却越发觉得苍蝇其实长得颇有趣味的。

趁着雨势暂歇的空档，到宫殿内走走逛逛。到处都是雨水，哗啦哗啦地流着。不知为何，突然对水有了莫名的感触。不管过去或现在，水都和生命万物息息相关呢。

被留置在巴黎的行李,好像平安送达我住的公寓了。总算可以松口气了。

天气预报说，明天是个晴朗温暖的好天气。

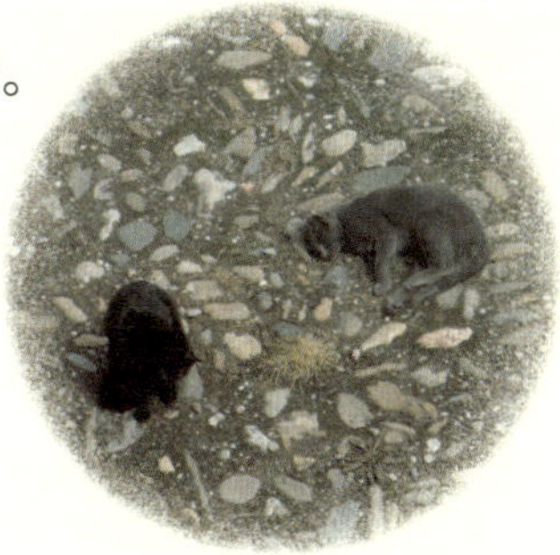

4.4 星期五 （VIERNES）

每次用现学现卖的西班牙语（单字）和人打招呼时，对方总是一脸讶异地用西班牙语回答。可惜，我只能尴尬地回说“听不懂……”。尽管如此，气氛似乎比一开口就说英语要来得愉快许多。

后来到天气晴朗的格拉纳达市区内逛逛。
和家人度过美好时光。
拍了许多美好的照片。

安达鲁西亚的光线柔美舒适，带点乳白色。
整个轮廓都被柔化了。

4.5 星期六 （SABADO）

回到巴塞罗那。

感觉这里的光线，似乎以紫色偏多。

回到公寓，终于和我的行李重逢了。

和纸也安然无恙。

真是太好了。

4.6 星期日 （DOMINGO）

早晨日出的那几分钟内，在霞光照耀下呈现紫色的圣家堂，高迪是否也见过呢?

从照片上来看，以前教堂的周围，几乎是空无一物的荒野。

我试着把周围后来兴建的那些建筑物，从脑海里抹除。

周围的环境变化很大。这座教堂在此地矗立了100多年，至今仍在兴建中。

我想起那本叫《东京小屋的回忆》的童书。
内容是说有间小屋一直坐落在原地，不曾改变过，但是周遭环境不停变迁的故事。

我想象着，当初盖在荒野中的圣家堂。

4.7 星期一（LUNES）

早上6点醒来。

想要早点起床。

拉开窗帘，就看到圣家堂的诞生立面矗立在眼前。虽然早就知道了，心里还是感到一阵惊喜。

打从天还没亮开始，鸟叫声就没停过。

7点过后，看起来像是工程用的电梯开始升降。已经开工了吗？真令人讶异，因为在巴塞罗那这里，早上和晚上的用餐时间，通常比日本一般家庭晚了两个小时左右。

天色渐亮，大约从7点开始，尖塔在晨曦的照耀下转为一片通红。在这个季节的这段时间看起来最美丽。住在这里的一个月，应该还可以多看几次吧。

煮了玄米来吃。

米粒硬了些，不过还挺美味的。

巴塞罗那市观光局的人员费了一番苦心，终于让我可以使用只对市民开放的市区脚踏车。另外，还帮我买了像PASMO那样的可以无限次搭乘地铁的畅游券。这种车票好像也可以拿来搭公车。有了脚踏车、公车、地下铁，偶尔搭计程车，从今天起就能在市区内自由行动，想去哪里就去哪里了。

非常感谢各方给我的协助。

伏地挺身100下、仰卧起坐100下……这是目标，不过我只做了60下。

平常在日本不会做的事，来到这里后，我都想试试看。

毕竟要在这里住一个月，我想还是每天持续做些固定的事情比较好。

4.8 星期二 （MARTES）

昨天酒喝过量了。

感觉胃食道逆流，胸口像火在烧，头也很痛。

我还是不能喝太多酒。这回，我真是学乖了。

生活的步调还没有稳定下来。

无法专心创作，素描也没画半张。

话说回来，窗户望出去就是圣家堂呢。不管看多少次，都觉得好兴奋。

总觉得手表指针的时间和天体运行的位置，和日本差很多。都傍晚5点钟了，却一点也没有黄昏的气氛，比较像下午。

出去散步，原本想去画图，后来只有到处闲逛而已。

一定要找点事来做。心里越是这样督促自己，就越提不起劲。我太依赖手表上的时间了。顺着天体的运行生活吧。一定要习惯这样。

晚上8点半，太阳总算开始下山了，终于有傍晚的感觉了。

骑着脚踏车，凭着模糊的记忆打道回府。有圣家堂那么明显的目标，不可能找不到回家的路吧。

我很少看地图。因为看了也是一头雾水。

被告知明天要用Skype和麻布的西班牙大使馆进行连线，还有记者会的实况转播。

伏地挺身100下、仰卧起坐50下（变少了）。

4.9星期三（MIERCOLES）

太阳升起的时间提早了。

7点天就亮了。

隔壁的邻居，还有隔壁的隔壁也是，窗户外面晾满了洗好的衣服。

昨天晚上并没有看到，应该是今天早上晾的吧。

这里的人好像习惯很晚才吃晚餐，而且吃得很简单，然后早上很早起来。

也许，他们想善用早上起床后，到吃早餐之前的这段时间吧。

伏地挺身110下、仰卧起坐100下。

4.10星期四（JUEVES）

想要面对内心，解放自己。

可是，现在的我做不到。亲身来到巴塞罗那市区，体验高迪的作品后，感觉自己的心情像团体观光客一样，想去的地方太多，忍不住焦急起来。

得拿出作品来才行啊。也许是被这个想法催促着，才会感到如此心急吧。

还有，我一直在想，该怎么回报那些为我四处奔波的人。

还是以自己为优先吧。

只有拿出作品才是最佳的回报。本来就应该是这样。

与太阳、土壤、树木同化，
让自己往内心的方向解放。

今天一整天，就窝在古埃尔公园睡觉吧。

啊，不是才决定好，今天要去探访高迪年轻时候的生活圈，寻找他的往日足迹吗？

真是三心二意啊……

古埃尔公园还是明天再去吧。

先去高迪在母亲过世之后，从24岁到54岁这段时期所住的consell de cent370附近。

那是一栋矗立在十字路口的5层楼建筑，1楼有看不出来是咖啡馆还是酒吧的店铺，还有好像很好吃的烘焙坊，以及文具店，大致上就是这样。房子本身应该和100年前大不相同了吧……我在文具店买了Moleskine的素面笔记本，当作素描簿。看店的大叔态度很冷淡。不过想想，本来就不可能每个西班牙人都是友善的。

和其他地区比较起来，这一带的环境好像安静多了。

高迪在这个社区生活了30年的时间呢。心里不由得抱着这样的感慨。接下来没别的事可做，去搭地铁吧。

伏地挺身120下、仰卧起坐60下。
不止这样哟，今天还跑了2千米的路呢。

4.11星期五（VIERNES）

大概是连续几天在大太阳底下四处走动的缘故，昨天回到公寓后，感到一阵晕眩，人就倒下了。站着的时候眼前突然变黑，心想不妙，赶紧抓着椅背。可是意识越来越模糊，就这样倒下去。好像昏过去几秒钟。幸好没撞到危险的物体，也不是在外面，不然真的会很糗。晕眩对我而言是家常便饭，我得多多摄取铁质才行。

连续几天都是好天气，很想往外跑。难得在米拉之家成立了工坊，但是这些日子以来，却很少去那里。

高迪度过年轻时期的那个老旧社区，实在太吸引人了。尤其是他在求学时期，在毕加索美术馆附近租屋的那条巷弄，更是让人流连忘返。不过，那个地方感觉有种难以形容的诡异气息，晚上一个人去的话可能会感到害怕吧。今天就去那里走走，顺便去毕加索美术馆参观。如果那里没有大排长龙的话。

这个社区到处都有椅子可坐。咖啡馆的露天座位上坐了不少人。连小酒吧都在步行道上摆了几张桌椅。这里的民众外出时，是不是很喜欢找地方歇脚呢？我还看到有人在阳光下吃饭。有些座位上撑起了大遮阳伞，不过大部分的人都是戴着太阳眼镜，坐在大太阳底下用餐。

伏地挺身120下、仰卧起坐70下。

4.12 星期六 （SABADO）

喉咙痛。

大概是天气转凉了，而我只穿一件单薄的衬衫，还边喝啤酒边画画的缘故吧。可能是感冒了。

或者是，身体想要喘口气？

我想画人的素描。从昨天开始就一直画人。可是不想画那些叽叽喳喳的观光客，虽然我自己也是观光客。我得要辨别谁是这里的居民才行，因为他们才是我想画的。

高迪是建筑师，想要了解高迪，当然要多画他的建筑。之前我一直是这么想。

可是不知道为什么，越画就越觉得不顺畅。

今天画了不少人，有种满足感。

伏地挺身120下、仰卧起坐40下（少好多）。

4.13 星期日 （DOMINGO）

今天早上喉咙还是很痛。

前天去参观了高迪踏入社会之后，住了30年的公寓。连续3天都去同一个地区。

因为之前看过了公寓，之后的两天就没再去了，而是骑脚踏车逛旧市区，没想到却迷了路。鬼打墙似的绕了好几圈之后，才终于发现一条看起来有点熟悉的道路。原来是那个地方啊。没错，就是那间老板很冷淡的文具店，以及好像很美味的那家烘焙坊的街角。

连续2天买了Moleskine的笔记本，老板也露出了笑脸。

这回还先开口问我：“要买Moleskine吗？”

在高迪住处的正楼下，面对道路的那间不知道是咖啡馆还是酒吧的小店，我始终没有勇气走进去叫杯咖啡来喝。店内没什么客人，一片静悄悄的（还是别进去了……），就这样作罢了。

这个嘛……

今天是星期天。打算好好休息，一直等到很晚才出门。先在咖啡馆学几句基本的西班牙语，心血来潮时就画几张素描。就这样打发一天的时间吧。

骑自行车到大教堂附近闲晃。今天运气还不错，没有迷路。看到一群日本小学生足球队正在拍照，穿着很像巴塞罗那足球队的球衣。似乎是福冈的队伍。

很多店家都没有营业，观光客也少了很多。提不起劲画画，骑着脚踏车，毫无目标地闲逛。不知为何，又骑到上次高迪住的地方。

文具店和烘焙坊在假日也不做生意。那间不知道是咖啡馆还是酒吧的小店倒是开着。露天座位有点脏（抱歉），有零星几位客人坐在那里。在店门口绕了两圈后，还是决定放弃。之后，我在一条街之外的某家餐厅吃了中餐（像简餐那样）。中午用餐的时间，隔壁很热闹，可是这家店除了我之外，两个小时内都没有别的客人上门。餐点很好吃。端来我面前的传统西班牙海鲜炖饭，并不是米饭做的，而是切得很短的米粉条。整盘看起来像是上面放了虾、花枝、贻贝肉的意大利面那样。颜色也不是番红花的颜色，而是茶色，有点像日本寺庙庆典上的炒面，不过吃起来的味道真的很不赖。除了主菜之外，还吃了鲶鱼、喝了白酒。我用简单的西班牙语点了白酒，对方却用英语回答，让人有点小失望。亏我之前还特地请别人教我"微甜的"西班牙语怎么说，seco。微甜的白酒，就是Vino Blanco seco。

酒足饭饱后，骑上脚踏车继续闲逛。突然发现一扇很熟悉的大门，赶紧掉头。抬起头看，正是卡佛之家。

和高迪的其他建筑比起来，卡佛之家显得朴实无华，所以我一直没记住它的位置。之前想过要找机会再度拜访，不过总是想想就忘了。幸好曾经在这里的餐厅吃过饭，对大门叩环的印象颇为深刻，所以这次才会那么快记起来。

为了在叩门时能发出咚咚咚的响声，而故意用铁做成的叩环，造型非常地花哨。正想拿起来叩门时，发现下面是一只虱子。黑铁做成的虱子。把虱子当作被敲击的部分，是出自高迪的创意吗？如果是的话，为什么要这么做呢？是因为受到虱子的骚扰，很讨厌虱子的缘故吗？还是有其他的原因？

拍了铁虱子的照片后，本来还想拍整栋建筑物。不过存储卡已经塞满，无法再拍了。

是的，我仿佛听到有人在对我说，就拍到这里为止吧。

至少拍到了让人印象深刻的巨大铁虱子，这样就足够了。反正我又不是建筑师。

至于建筑物本身，想拍的时候再找机会来拍就好了。是这样没错吧，大师。

我是这么自我解释的。

回程的路上，在公园的椅子上坐了一会儿，用原子笔开始画图。画的是公园里随处可见的饮水塔、没人骑的脚踏车，还有附近的鸽子。

看到什么，就画什么。

伏地挺身120下、仰卧起坐100下。

4.14 星期一（LUNES）

昨晚又出去跑步。

前几天只跑2千米，太少了。反省过后，决定增加为3千米。

不过因为又迷路，结果变成跑了6千米。

在迷路的途中，发现一间越南料理店。心想，就跑到这里吧。

下次进去吃吃看。

7点40分起床，把衣服丢进洗衣机里搅拌。拿出昨天买的可颂（羊角）面包配着红茶，简单地解决了早餐。

大概是因跑步的关系，晚上睡得还不错。

去逛画具店。这里的画具店和日本并没有差很多。

不过，油画的颜料感觉上似乎没那么遥远了。是我一厢情愿的想法吗？在日本，放颜料的那个区块，通常油彩和水彩摆的位置分得很开。印象中，油彩总是放得比较远（也许只有我有这种感觉吧）。

买了西班牙厂制造的亚克力颜料、笔刷，还有大纸板。柜台的姐姐只会说西班牙语，不过，勉强可以沟通。

待在米拉之家的屋内，望着里面的装饰和天花板，陷入冥想。

高迪是不是想把地中海的风和浪带进这里？

我不由得联想到海风和浪潮。

跟住在CASA FUSTAR的那段期间，所感受到的华丽气息比较起来，不知为何，这里反而感觉轻松愉快多了。难道跟这些设计有关吗？

当然，还是没有饭店那么轻松舒适。

得去看看地中海才行。

伏地挺身180下、仰卧起坐120下。

4.15 星期二 （MARTES）

7点50分起床。

觉得现在好像每天起床的时间，都比前一天晚了10分钟。

做了这样的梦。高岛的网点画得很糟糕，命令他重画，他硬是不从，我被他气得暴跳如雷。

高迪应该不会对他的助理大声咆哮吧？

我可是从没大声骂过人呢。

找到一些高迪对地中海留下的只言片语。去地中海看看吧。望着米拉之家的天花板和大门的装饰，在心里做了这样的决定。把鸟居老师那本厚得跟字典一样的《高迪语录全集》带来，真是正确的决定。

伏地挺身70下、仰卧起坐100下。

4.16 星期三（MIERCOLES）

昨天去看海，出了点小差错，跑到港口那边了。那里的海跟我想象中的完全不同。看起来像工业区，毫无浪漫气氛可言。本来还想说，顺着海岸走下去，总会发现可以观赏到自然美景的地方吧？可惜希望落空了。最后，只找到一处挤满身穿泳装的人潮的海滩。看来，想要翱翔在高迪的灵感中，必须具备超乎常人的想象力才行呢。

中午用餐的时间较晚，而且只用简单的波卡迪欧（三明治）和啤酒打发过去。在这里住了几天下来，越来越不想在吃的方面花费太多心思。昨天用简单的西班牙语点餐成功，心里挺兴奋的，忍不住在桌子底下比出胜利的手势。

话说……

今天早上7点10分起床。

一轮明月还高挂在圣家堂的旁边。

突然闪过一个念头，去雷乌斯看看吧，说不定在那里可以找到安静优美的海滩。于是，赶紧上网查看有没有电车可以搭。

不过，雷乌斯的位置偏向内陆，所以还是决定去听说有罗马时代遗迹的塔拉哥纳。

在SANTS车站买了车票（排了20分钟的队伍，在日本的话我早就放弃了），坐上开往雷乌斯、车厢满是涂鸦的特快车前往塔拉哥纳。顺带一提，雷乌斯是高迪的故乡，比塔拉哥纳多两站。虽然车厢外面满是涂鸦，车厢内部倒是干净又舒适，还有插座可用。

好像行驶不到1小时的时间，就到了塔拉哥纳。根据车站前的指示地图，只要走100米的距离，就可以到达古罗马的遗迹，去那里看看吧。沿着海岸的山坡往上爬，沿途的风景美不胜收，大海和罗马时代的遗迹尽收眼底。

放眼看去，真是生意盎然啊。

我深深地了解到，为何自古以来人们会把植物视为神的恩典了。油、香气、食物、工具、药……人们珍惜神所赐予的恩典，于是继续栽种、培育。看到这生生不息的生命循环，即使不知道是出自何人的安排，也会打从内心感受到那份珍贵吧。

罗马的遗迹，我想另外找时间仔细游览，所以今天并没进去参观，而是转往海边散步。这里的海滩不像巴塞罗那那么拥挤，可以尽情地享受大海、浪潮、海风，沉浸在光与影的幻化之中。

不是形状。我听到了发自内心的声音。

要传承下去的不是形状。应该是说，为了传承，所以用形状来表现。所以形状里面，包含了一切。

高迪设计米拉之家的用意，不就是为了让住在里面的居民，可以感受到地中海温暖的海风和浪潮，还有时而耀眼时而温柔的阳光吗?

待在米拉之家的房间里，可以在天花板上欣赏到退潮的海浪、随风飞舞的缎带、闪耀的阳光。还有海贝、章鱼脚，环绕在大门四周。

光着脚，漫步在沙滩，或是坐在岩石上享受日光浴，让海潮的香味随着呼吸渗进身体里面，聆听一波波的海潮声。建筑米拉之家的用意，不就是要让生活在喧哗的格拉西亚大道的居民，能够拥有一个可以享受从地中海孕育出来的幸运和祝福的空间吗?

幸福，就是每一天、每一个瞬间都能感觉到美好的心情。

米拉之家是为了人们的幸福而构筑起来的房子。

在车站前的咖啡馆歇歇脚，点了啤酒喝。一起端上来的橄榄，是我吃过最美味的橄榄。一提到塔拉哥纳，就让人联想到橄榄。虽然这句话不一定正确，但至少就我而言，的确是这样。

伏地挺身140下、仰卧起坐30下（喂）。

4.17 星期四 （JUEVES）

6点40分起床。好一阵子没在天还未亮之前就醒来了。

快到清晨的时候，感觉好像做了一个很愉快的梦，但是怎么也想不起内容。

每天晚上就寝之前，我都会向高迪先生请求，希望他能赐给我灵感……也许我还不够诚心吧。

跟往常一样，我又迷路了。逛着逛着就忘了走到哪个街角。

前阵子，催促自己非得做些什么的焦急心情，现在已经好多了。不过也许就因为这样，人好像变得散漫了。

今天同样迷路了一个小时左右。

大概是因为天气干燥的缘故吧，之前要求自己一定要每天洗澡，现在变成3 ~ 4天洗一次。总觉得没必要天天洗。可是在日本的时候，一天没洗澡就觉得浑身不对劲。

大多数的西班牙女性给人一种多肉、厚重的印象。而男性不管高矮，大多有一副结实的肉体。从高迪的照片来看，他在壮年之前，身材似乎也颇为精壮厚实。

仔细想想，西班牙的建筑之中，的确有很多都是重量感十足。

回想起日本的古老建筑所散发出的那股优雅、工

整之美，仿佛置身梦境一般。

虽然在西班牙也可以体验到这样的梦幻美感，不过这里的阳光强烈，相对的，阴影也比较深。如此强烈的对比，反而让我感到淡淡的哀愁。越是立体、造型越是复杂的建筑物，阴影也格外令人印象深刻。

公寓的4楼（相当于日本公寓的6楼）的前方，就是圣家堂。打开窗户，还可以听见观光客的谈笑声。再把视线移往公寓的正下方，那个被树丛和围墙遮蔽起来的角落，有一个无家可归的流浪汉，就蜷曲在那里。

伏地挺身70下、仰卧起坐50下。
什么时候要进行第三次的跑步呢?
还会有那么一天吗?

4.18 星期五 （VIERNES）

7点20分起床。

展览会的内容已经决定，不过分发给我的场地究竟要展出什么，目前还处于黑箱作业中，从外观完全看不出所以然。连我自己都不清楚具体的形状。

不是建筑物。

高迪本人，还有和高迪一起工作过的那些人，他们又是抱着什么样的想法呢?

这个展览就是要透过有形的物体，探索深处的答案。

隐藏于最里面的那个奥秘，是不是连我们日本人也不能敷衍带过?

我一直凝视着那个地方。

高迪的“巴由之家”的隔壁，是同样为现代主义巨擘的普意居•伊•卡达法尔克的“阿马特耶之家”。隔几间就是多梅内克•蒙塔内尔的“狮子与桑树之家”。这些世界知名的建筑物，像是在彼此较劲般毗邻而立。后面两栋建筑的1楼，现在都是名牌精品店。观光客主要还是聚集在“巴由之家”前面。倒也不是谁好谁坏，或是讨喜不讨喜的问题，而是从某个时期之后，高迪的建筑所象征的意义，已经不单单是建筑物而已。眼前的这幕光景便已经说明了一切。

为什么会变成这样呢?我想是因为高迪的建筑目的已经超越了建筑的框架，展现出一种突破宗教和文化的藩篱、共同拥有的某种特质。那是什么?高迪究竟想要表现什么呢?

人类不去深入了解历史，而是借着神和信仰的语言，自我矮化，甚至借着这些名义彼此杀戮。

高迪究竟想要表现什么呢？是生命本来的样貌吧。我只能想到这个答案。

“艺术最强烈的渴望，就是实现被人提起的目的。”（摘自《高迪语录全集》）

画了好几张素描。

在市区内到处走走逛逛。发现了许多了不起的纪念碑和外形洗练的建筑。

高迪的建筑之所以会深受人们喜爱，或许就是因为“不知好歹”的心态吧。

我突然浮现这个想法。

无论如何，都要把自己想要传达下去的意念贯彻到底、毫无商量余地的那种态度，在别人眼中看来，简直就是不知好歹。

也许就是因为这样，才能拥有足以扩及地球另一端的，普遍性的影响力吧。

伏地挺身140下、仰卧起坐70下。

4.19 星期六 （SABADO）

上次迷路的时候发现的那家越南料理店，味道果然不出所料，好吃极了。

虽然价钱贵了些，但是考虑到食材来源取得不易的这点，我想还是合理的范围。有机会的话，还要再去。

再次去参观高迪的早期作品“古埃尔别墅”，不过这次没有进去里面。站在屋外驻足凝视了好久，我的想法有了微妙的改变。

年轻时期的高迪，并不是单单想要展示自己的天分而已，他还想替那位愿意把他视为建筑师的古埃尔先生做些什么。古埃尔先生是当地赫赫有名的上流人士，却愿意给他这样的机会。说得更明白一点，高迪是抱着决不能让古埃尔先生丢脸的心情在盖那栋别墅的。不过，也许就是因为这样，才会有过度的表现吧。

不断地增筑再增筑，虽然结果的确让人大为吃惊，却也因为少了节制，而令人感到疲累。这是我个人的想法，应该是不会有所改变了……

今天早上，天气有点阴凉。

打算再去一趟古埃尔公园仔细地逛逛。不过，今天刚好是复活节的周末，希望人潮不要太拥挤啊。

从地铁的车站，气喘吁吁地爬了一段约25度的陡坡后，就看到了古埃尔公园。

虽然到处都有电梯可搭，不过我决定爬楼梯和爬坡。

因为中途可以停下脚步，欣赏美丽的花草植物。

实在是美得令人赞叹。

沿途有许多人也是边爬边喘。

可是，他们似乎对路边的花花草草没什么兴趣。不知道他们急着要去哪里呢。

来到公园的入口，首先看到的就是一丛又一丛的仙人掌。

有些仙人掌上面还被刻了字。是为了纪念到此一游吗?

古埃尔公园原本的设计是60户（我记得是这个数字）的住宅区，但是因为没有人买，最后由市政府收购，改成了现在的古埃尔公园。

原本打算在这里画几张素描，不过来到这里之后，我只想把自己放置在这个空间里面，什么也不想做。

当我不再介意观光客的存在之后，终于能平静下来，让心思驰骋于高迪在构筑这片空间时的想象里。这里没有刻意用来强调以自然为设计主题的椰子树，没有招牌，没有土产店里熙来攘往的游客，就只是一个很单纯的日常生活空间。

这里是一大片盖在山丘上的住宅区，有广场，有充满奇趣的走廊，还有市场。熟悉的邻居在回廊上漫步、交谈。小孩们在广场上开心地跑跳。老年人叼着烟，坐在蜿蜒曲折、用瓷砖砌成的椅子上看着这一切。高迪和古埃尔也出现在这幕光景中的一个角落。我这样想象着。

接着，我被现在的古埃尔公园唤醒了。

来自不同国家和不同地区的人们出现在非日常的生活中，每个人都忙着拍照，只为了证明自己曾经来过此地。

即使是这样，大家的脸上依然笑容灿烂。不在乎高迪是何许人物的孩童们跑来跑去，嬉笑不停。情侣们也情不自禁地热吻起来（好像很多地方都是这样）。

这个空间正在上演幸福的时间。
建筑师的工作，就是为了这个目的吧。

至少，可以确定的是，高迪的建筑的确吸引了许多来自世界各地的观光客。每年为西班牙和巴塞罗那的经济增添不小的收益。

如果此刻，高迪从天而降，看到这里的古埃尔公园、圣家堂、巴由之家等等，自己的建筑作品变成了观光名胜时，会因为跟兴建当时的目的不同而气得跳脚吗？或者，他也很乐于看到土地能被多样化利用？不知道会是哪一边呢？

如果按照凌驾世俗、不肯妥协的艺术家印象来判断，也许是前者吧。

可是不知为何，我却认为可能是后者。

离开了古埃尔公园，转往米拉之家。因为要参加电视录像。

老实说，我实在是提不起劲。

伏地挺身70下、仰卧起坐40下。

今天是怎么了。

4.20 星期日 （DOMINGO）

下雨的星期天。

感觉身体好像变笨重了。

今天不外出，留在家里休息吧。

煮了意大利面吃。没有辣椒，只用莴苣、橄榄油，以及之前在小咖啡馆买的鳀鱼，做了一道简单的蒜香意大利面。

顺便把前阵子买的红酒全部拿出来喝光。

之后又睡了个午觉。

伏地挺身140下、仰卧起坐100下。

4.21 星期一 （LUNES）

依然是个下雨的早晨。

尽管要撑伞，但是前往圣家堂参观的游客还是络绎不绝。

是什么力量能够吸引这么多人前来呢?

建筑物的主人就是神。如果把圣家堂当成是把神具象化的工程，那么这些游客都是来拜神的喽?

我不这么认为。

是来看人的吧。

超乎常理的高度、空间和细节，这些都是和这栋建筑物有关的人们，将时间奉献给神，所凝聚而成

的结晶。也许游客们还没有意识到，事实上他们是为了见证这些而来的。

而且,大家称高迪为“天才”“奇人”,甚至是“圣人”，不也是把他归类为另一个层次的人吗?

同样身为人，我能从自己身上发掘出相同的特质吗?

每个人都有不同的选择。

到了中午，雨停了。骑脚踏车到城堡公园画图。在巴塞罗那，这是我很喜欢的地方之一。

伏地挺身140下、仰卧起坐50下。

4.22 星期二（MARTES）

连续3天都是下雨的早晨。

今天为了配合电视录像，到老街区散步，傍晚去蒙瑟莱特，晚上在修道院过夜。

一方面担心修道院不愿意收留非天主教徒住宿，一方面又觉得很好奇。

18：00 到蒙瑟莱特的修道院办理Check in。

里面一片寂静无声。

觉得快被这片寂静压得喘不过气。难道是心中的恶念，感到无所遁形的缘故？不，应该不是吧。

好紧张啊。

一位神父用英语跟我们做了简单的说明。

态度很亲切的神父。

我从念中学的时代就是个迟到大王，可是我想那种无关紧要的态度，在这里恐怕会踢到铁板（应该会吧）。一定要准时抵达。要是迟到的话，肯定会被赶出去。

15分钟前的钟声响起了。

快点出发吧。

18：45 祈祷的时间。

那些迟到的人，好像也没有被赶出去。

教堂内部的天花板高得令人咋舌，同时也显得自己是何等渺小。

庄严的管风琴旋律和葛利果圣歌，在教堂里回响着。

不知为何，我总感到浑身不自在，心情无法放松下来。

仿佛自己来错了地方。

对于修道院愿意接纳我这个非天主教徒的那份宽宏大量，我的内心非常感激。我抱持着来自日本的灵魂，静静地思考着两者之间共通的真理，心情才逐渐稳定下来。

2月份来访问的时候，当时接受采访的神父前来找我。我们热情地拥抱彼此，重逢的喜悦真是难以言喻。他怎么会知道我在这里呢?

神父跟上次一样拉着我的手，带我去参观好几个房间。

20：15　和神父一起共进晚餐。我安静地听着他说话。通常，西班牙人用餐的气氛都很悠闲，不过在这里，像在竞赛一样，每个人进食的速度都很快。

这里要求的是安静，所以我除了吃，也没别的事可做。

汤的味道很清淡，连我这个在日本人中算是口味清淡的人，都觉得味道过淡了。别以为西班牙人都吃这么清淡，我看过许多西班牙人在撒盐的时候，可是撒得很豪迈呢。

红酒非常香醇顺口，不过我很懂得节制，没要求再来一杯。

21：15　今天最后一场祷告的时间。我听不懂西班牙语和歌曲，只能努力地让自己融入气氛当中。

回到房间，开始铺自己要睡的床。
不知道为什么，一点睡意也没有。
钟声一直持续到半夜。
也许我还在怀疑，自己是否来错地方了。

伏地挺身140下、仰卧起坐100下。

4.23 星期三 （MIERCOLES）

7：30 早晨的祷告（Lauds，我也不知道是什么意思。查了一下字典，才知道是晨曦祷／日常礼赞的其中一项）。

高耸的屋顶、庄严的装饰、肃穆的气氛，无不在彰显神的宏大无边。信徒们反省自身，祈求把沾在身上多余的赘物去除。

话说回来，教堂里的装饰和空间都是人盖出来的，在细心的维修保养之下，传承了好几个世纪。这是人间之神的高见，他们用这种方式来向世人说故事。

这个形式本身就是一种选择。我是这么认为的。

人们一直在尝试，如何用具体的形象，来彰显无形的神。

被展现出来的形象，其实是在反映兴建当时的年代，还有当地居民的生活形态吧。

也许有那么一天，人们将不再需要做这样的尝试。到那个时候，每个人都能在日常之中，充分感受到神（被当作神的那个象征）的存在。

吃完早餐，把床单和毛巾归还原处，门也上锁之后，我便离开了修道院。那位说英语的神父，亲切地邀请我下次再来。

下次来的话，我想感觉应该会不一样吧。

下山之后，还得接受几家媒体的采访。

今天是晴朗的好天气。

刚好遇到圣乔治节，巴塞罗那的街头比平日更加热闹了。

伏地挺身240下、仰卧起坐100下。

4.24 星期四 （JUEVES）

一个独自凝视着晨曦中的“诞生立面”的背影。

在观光团客还没大批涌入之前的这段时间，有个人影站在那里，像是在和圣家堂进行宁静的对话。那个背影的心里在想些什么呢？

到目前为止，“诞生立面”应该经历过很多像这样一对一的谈话吧？

大概是昨天走了太多路，脚底痛。大脚趾的趾肚很痛。

今天也是采访的日子。我是被采访的对象。

天色变暗之前，赶去参观了高迪的米拉勒之门。
现在那里只剩下门而已。
另外还立了一尊高迪的铜像。看起来像是等身大的。
我并不喜欢这尊铜像。
感觉像是刻意立在那里的。

伏地挺身160下、仰卧起坐80下。

4.25 星期五 （VIERNES）

7点起床。

也许是昨晚喝了麦酒的缘故，睡得很好。

想要再去塔拉哥纳海边看看。

也想去古埃尔纺织村，独自坐在圣堂前放空。

也许会画几张素描。

就带着便当，再去逛一次古埃尔公园吧。

还有内利天主教堂也要再去看看。

对了，这次还没进去圣家堂里面参观呢。

剩下没几天了，把想去逛的地方列个表出来好了。

算了，还是别去了。

怎么可以不去呢。

犹豫不决。最后还是在网络上买了圣家堂的门票，进去参观了。

能从住的房间看到诞生立面的大门，实在是太幸福了。那是高迪去世之前，唯一完成的部分呢。

内部林立的柱子，让人感觉犹如置身在森林里一样。

抬头仰视彩绘玻璃窗和遥远高耸的天井，还有稍纵即逝的耀眼光芒。

不知道是不是因为目前主要的礼拜堂是地下室那间圣堂的缘故，所以总觉得地面上这间教堂似乎少了教堂的气氛。尽管内部的空间非常宽阔，主祭坛却寒酸得不像话。

看起来像是一座举行篮球比赛的巨蛋球场，有股说不出来的散漫感。

之所以会让人有这种感觉，可能是那些来到世界观光胜地凑热闹、而不是真正想参观教堂的游客们所酝酿出来的气息吧。

我在圣家堂里里外外逛了几趟，逗留了大约四个半小时左右。

平常从住处看到的诞生立面的雕刻群像，在这里可以很清楚地看到每尊雕像不同的面相。不知道是不是因为风格和构图的不同，有些部分我很喜欢，有些就不是那么喜欢了。

圣家堂的另一面，也就是受难之门，和诞生之门雕刻的趣味迥然不同。初次见到时，心里十分纳闷。咦？怎么会这样呢？虽然是照着高迪留下来的计划做成的，但这些动作生硬、线条简化的雕刻像，我实在是无法接受啊。

还是先把个人的好恶搁在一边吧。圣家堂外面的雕像各有各的主题和细节，这些都是花费许多人的心血所完成的，目前圣家堂的工程还在进行中。世界各地的游客们到这里，就是为了一睹圣家堂的风采。他们在这里消费、拍照，感受这里的气氛。有些游客没时间仔细品味，只是走马观花，然后就匆匆离开了。

如果这些累积起来的群像代表着圣家堂,那么,它不就是一面反映时代的镜子吗?

倒不是说这样好或不好，只是从游客们的表现可以看出,生活在这个年代的我们,究竟重视的是什么，又忽视了什么。

幸好，还有象征回归原点的诞生立面大门,让我们可以欣赏到它原始自然的风貌。

伏地挺身90下、仰卧起坐50下。

4.26 星期六 （SABADO）

过了6点，天还没亮就醒了。

想要让心平静下来。

为了能时时刻刻感受到恩惠，所以想要让心保持平静、祥和。

静下心来画画。

去跑步了。

火药的硝烟味、爆竹、鼓声，以及大批涌入的人群。身体几乎无法动弹了，简直就像在举办祭典一样。可以看到龙的花车，所以应该是圣乔治节吧?

伏地挺身180下、仰卧起坐110下。

跑步6千米。

4.27 星期日 （DOMINGO）

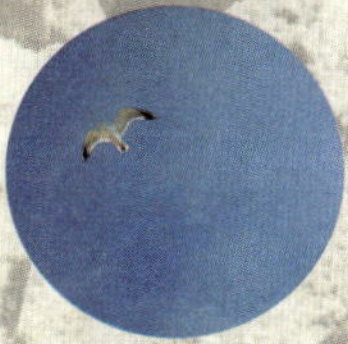

7点45分起床。

今天是留在西班牙的最后一个星期天。

想再去海边看看。

搭了40分钟的电车，在一个叫格拉夫的车站下车。没有车站，也没有验票的闸门。

除了大海，这里还有高迪和他最有名的弟子贝伦格尔所盖的格拉夫酒庄（现在已经改为餐厅）。

这里的海滩比塔拉哥纳还要安静，游客也比较少。一个尿急的小孩跑到树荫底下，脱了裤子正准备尿尿。我想，这里的风景和高迪那时候相比，应该没有多大的改变才对。

我很确信米拉之家屋顶的线条，就是想要呈现这里的海浪留在沙滩上的痕迹。

大门边框的贝壳装饰也和这里的贝壳外形长得一样。我记得好像还有被潮浪打上岸的植物。没看到章鱼脚，不过我正一边看海一边吃。

说不定外观也是从海浪边缘那些坑坑洞洞的石头得到的灵感。

站在这个地方，我感觉到米拉之家的一切，几乎都可以在这里发现。

想去格拉夫酒庄看看。因为没带地图，也懒得上网查，索性边走边逛，碰碰运气吧。看看四周，发现不远处地势较高的地方有瓦片砌成的墙面，外形颇为眼熟，应该就是那里了。

走在路上，眼睛忍不住被沿途美丽的花草吸引了。

这边的也是，那边的也是，每一株花草都努力地展现旺盛的生命力。我可以感觉到喜悦正拥抱着我。每一株植物看起来都洋溢着快乐和满足。

不管是走山线还是海线的步行道，都会穿过几个小山洞。穿过山洞（洞内的墙壁上画满了涂鸦）后，就是一大片杳无人烟的草原。霎时间，我怀疑自己是不是来到了蛮荒之地。但是很快我就发现一种和之前在巴塞罗那的公园见过的、外形很像芦笋的植物。只不过这里的长得比较粗壮。其他植物也像是在歌颂这个世界般喜乐洋洋。有昂首挺立的树木，有低头蜷曲的小花小草，有正在吸取花蜜的小虫子，还有其他许多形状怪异的果实，充满了奇趣的惊喜。

在这里，没有人会带着傲慢的态度活着。

格拉夫酒庄，这座古老的建筑，现在被赋予了新面貌，院子也整理得美丽宜人。

因为之前我在海边酒吧点了章鱼和贻贝吃，所以今天就没进餐厅了。下次来时再进去吃吃看，一定很美味吧。

格拉夫是一处闲静，却又让人感到愉快满足的地方。

真的很舍不得离开这里呢。

伏地挺身90下、仰卧起坐100下。

4.28 星期一 （LUNES）

7点30分起床。

一睁开眼，最先看到的就是圣家堂那犹如满身通红的生物的皮肤，又像刚出生的婴儿的诞生之门。

我突然想起了祖父母。记得他们每天早上醒来会先用冰冷的水洗脸，然后给神明换茶水、合掌祈福。

我明白了。打从4月一开始，我感受到的不只是它的颜色和外形而已。在这段时间，诞生立面在朝阳的照射下，看起来是如此的祥和而柔美。我可以感觉到，高迪不用语言和宗教，而是透过他的建筑，传达给世人一种对生命的理解和美好的感谢之意。

看到高迪努力展现自我意志的那种坚持，以及那些耗费难以估计的时间、技术和心血累积而来的成果，内心不由得涌起无限的敬意，同时也感受到非常亲近的感觉。

我还是比较喜欢这个时间的诞生立面。
如果不是住在这个方位的房子，恐怕无法体验到这样的感觉吧。
真的很感谢能获得这么多的巧合和幸运。

想搭电车去参观这次留居西班牙期间一直没有机会去的古埃尔纺织村。
在这个车站下车的旅客，只有我一个。
跟上次一样，是个无人车站，不过有验票闸门。

是不是因为站名叫古埃尔纺织村，所以只有住在古埃尔纺织村的居民才会下车？从车站开始，往纺织村的沿路上可以看到被涂成蓝色足迹的形状，游客只要沿着这些足迹走就不会迷路了。

不知为何，我却被另一边的景色吸引而往那个方向走去。

那里有田、有渠道，还有远处的山脉。眼前的景色美丽至极，让人久久说不出话来。我想应该还有比美丽更贴切的字眼，可是一时之间也只想得到这个词。

低头看着渠道，发现水里还有如蚯蚓般大小的蛇在游动。

是蛇的孩子吗？不，也许只是蚯蚓吧。可是游泳的姿势又很像蛇，所以我想那应该是蛇。

这里的植物一样让人着迷不已。小小的花朵上面，有蜜蜂、有椿象之类的小虫子。

之前来古埃尔纺织村，单纯就只是来采访。这次是我第一次独自前来。我不知道这个地方原本是如此宁静。要参观教堂，是要买票进去的，不过我决定走旁边的小路进去。在园区里逛了好一会儿，沿途的风景宛如一座大自然的公园。置身其中，心情不知不觉平静了下来。

继续走了一会儿之后，我选了一张可以望见高迪设计的那座教堂的椅子坐下来休息。教堂四周被毫无美感可言的绿色铁丝网围起来，不过并不会妨碍画画。只是，我也懒得动笔，只是坐在那里静静地欣赏。周围的鸟叫声不绝于耳，好几种不同种类的鸟儿在草丛中钻进钻出。我提起笔，给那些鸟画了几张图。

本来今天的目的是参观教堂，但现在即使没进去铁丝网的另一边参观，我也觉得不虚此行。

不过最后，我还是进教堂里面参观了。这里只有我一个人，可以随性地走来走去。我给独具特色的彩绘玻璃拍了几张照片，也帮椅子画了图，之后就坐在椅子上休息。

我想，提供给人们一个安静的祈祷场地，也是建筑教堂的目的之一吧。

离开教堂后，也没特定目标，就只是到处走走看看。

有巨大的废墟，有让人联想到非洲的广大草原。每到一处，就涌起一股想要继续走进去一探究竟的冲动。不过相机和iPhone都没电了，只好转身往车站方向走回去。

伏地挺身80下、仰卧起坐50下。

4.29 星期二 （MARTES）

6点醒来。天色还很黑。

只剩下一天的居留时间了。

打开冰箱，把剩下的几样食材，拿出来煮了一锅无名汤。

把洋葱、夏南瓜、菠菜、番茄、猪肉、番茄口味的意大利面酱、少许的味噌丢进锅里一起炖煮，味道尝起来还不错。再淋上塔巴斯科辣椒酱，味道就更棒了。

这次带来的书几乎都没看。这也是意料中的事，没什么好挂心的。

之前想过要空出一天的时间，把还没去的地方快速游览一遍。不过今天已经是最后一天了，想想还是作罢，就待在房间里，静静欣赏圣家堂的诞生立面吧。拿出纸，开始动手画，看到什么就尽情地画吧。

今天一大早就开始喝啤酒了。

一整天，就一直看着圣家堂，画画。

内心充满无限的感谢。

伏地挺身140下、仰卧起坐50下。

4.30 星期三 （MIERCOLES）

最后一天。

出发之前，计划去一趟Bellesguard（贝列斯夸尔德）。

那里可能是高迪在达到圆熟的境界之前，所盖的最后一栋实验性建筑。

在此之前，高迪多半是盖私人的宅邸。因为不公开，知道的人并不多，所以也没什么人去研究。

我也是第一次去参观。

那是高迪在我这个年纪所盖的建筑。我迫不及待想去看看。

早上先在巴塞罗那市区内跑步。

7千米。这是我跑过最长的距离，这个成绩在Nike的慢跑APP上还获得不少赞赏呢。

非常感谢。

今天是要向很多人道谢的日子。

第一次去拜访贝列斯夸尔德别墅，实在是太美了。

透过这栋建筑可以充分感受到，高迪究竟重视的是什么。

与周遭的自然融合，

职人的真功夫，

对于故乡加泰罗尼亚的怀念，

还有，体贴居民的那份心意。

最吸引我的，是那些用细细碎碎的石头，像瓷砖一样黏在外墙的装饰细节，还有圆弧的转弯处用的是小石子，其他部分则是使用较大的石头。除了石头的颜色令人吟味之外，搭配的组合也独具匠心。整座建筑看起来就像是自然和人类携手完成的杰作。

这栋中世纪的建筑，原本有许多棱角分明的直线。经过高迪的巧思，将线条柔化、重建之后，才得以留存到这个世纪。

因为有这些直线，让我这个外行人更容易了解高迪想要打造的建筑世界。

建筑物本身，庭院的植栽，还有攀爬的藤蔓，组合起来是那么恰如其分，没有任何不协调感。

反倒是那两棵高耸的椰子树，给人一种像是在夸耀高迪作品的印象。

从屋顶望出去的风景，就如Bellesguard（美丽的景色）这个词的意思一样，壮观美妙。听说，过去这一带并没有民宅，而是一大片的森林呢。

留在巴塞罗那的最后这一天，应该没有其他地方比这里更值得一游了。

这段日子以来，承蒙这座城市里的许多人给予协助，我的内心非常感谢。

伏地挺身50下、仰卧起坐50下。

跑步7千米。

Estancia de Barcelona

巴塞罗那游记

2014年4月，井上雄彦到巴塞罗那住了1个月。为了特别展“高迪×井上雄彦”，专程到当地居住，用身体去感受高迪。

住在一眼就能望见圣家堂的地方

※在超市买的卡瓦，请用。

在米拉之家成立工坊

※海…

卡佛之家的叩环

探访高迪的生活圈

最后一天去参观贝列斯夸尔德别墅

※旅程才刚要开始呢……

对谈 in Casa Milà

井上雄彦

在可以看见圣家堂的公

2014年4月， 井上雄彦在西班牙巴塞罗那居住了1个月。
这期间， 他住在一间从窗户就可以看到圣家堂的公寓内。
为了创作， 还在米拉之家成立了工坊。
井上接受特别展 “高迪×井上雄彦 - 共鸣的创作源泉 -” 的
接受解说员建筑师光嶋裕介的访问，
畅谈和高迪重逢的体验， 以及在创作方面的领悟。

光嶋裕介
建筑师。居住在东京与神户。1979年于美国新泽西州出生。就读早稻田大学理工学院建筑系，指导老师是石山修武。研究所毕业后，到德国柏林的建筑事务所工作4年。2008年回国，成立光嶋裕介建筑设计事务所。2010年替思想家内田树设计私宅兼道场（合气道）凯风馆。入选SD REVIEW 2011。2010年于桑泽设计研究所、2013年于大阪市立大学担任客座讲师。2012年于首都大学东京都市环境学院担任助教至今。著作有《みんなの～建筑家1年生の初仕事～》（Artes Publishing），《幻想都市风景》（羽鸟书店），以及最新著作《建筑武者修行》。
http://www.ykas.jp/

光嶋裕介

寓亲身感受巨人高迪

光嶋　刚才我花了3个小时在画圣家堂呢。

井上　（看着素描簿）噢，画得真好。

光嶋　我习惯把在旅行中所看见的随手画下来，这样才能留在心里继续咀嚼品味。这对我来说非常重要。

井上　动笔开始画，才会发现许多原本要看却遗漏掉的细节。

光嶋　到现场参观的时候，来自视觉的情报占最大的部分。不过，像现场的气氛、周围游客的声音，还有地面的小石子，这些很难在画纸上呈现出来。可是在那一瞬间，会很清楚地感觉到，有各种情感通过自己的身体。把这些情感细细地琢磨过后，才知道应该如何和眼前的建筑物对话。这是动笔去画才能体会的旅行的真实感。

井上　你一直都带着素描簿吗?

光嶋　是啊。我会随时带在身边，看到什么就画下来。

井上　可以让我看看你还画了什么吗?

光嶋　当然可以。

井上　啊，我把我的也拿给你看好了（笑）。

光嶋　（看着素描簿）噢，你画得很快吗?

井上　要看是画什么。不过我的确画得很快。路上的人一直在动，我只有几秒钟的时间可以画。

光嶋　真羡慕你。我就不太会画人了。

井上　其实也没有必要画。啊，你这里不是有画人吗?

光嶋　可是我真的很少画人（笑）。你画人的时候，会一直看着人吗?

井上　我最注意看的就是人啊。不过这次是来参观高迪的作品，所以还是会提醒自己，不画建筑不行。

光嶋　不过，你还是画人了。

没想到窗框发挥了相框的效果

井上　“有各种情感通过自己的身体”这句话，说得真是贴切。这感觉我懂。

光嶋　就像现在这样，我们聊天的这个行为所要表现的是语言。也就是说，人跟人的交流是有语言的。而选择那个语言的我，除了要在脑海里思索着该用什么语言之外，同时我的表情和小动作也在跟井上先生交谈。我想，说话终究只是沟通的一个层面而已。所以我很重视动手去画，希望借由这个方法，把旁边相关的东西也容纳进来。平常我看到建筑物的时候，心里总是想着，是不是遗漏了什么？也许，画图就是为了捡拾这些东西吧。

井上　就是要透过画画，去感受更多的意义对吧。

光嶋　是的。空间里面要是少了人，就跟废墟一样。因为有人加入，例如现在我和井上先生坐在米拉之家聊天的这个体验，会留在你我的记忆之中。如同丝线般复杂地缠绕在一起。我想要透过画图来检视这个，发现自己内在的东西。

井上　我了解。

光嶋　第一次看到圣家堂时，我还是个高中生。上大学后，因为念的是建筑，对高迪有了更深一层的认识，所以旧地重游又仔细地参观了一次。第三次是我到德国工作的那段时期。这次是第四次。现在内部已经完成，可以进到里面参观，这是我第一次进去里面。一踏进“受难之门”，看到内部高耸的漩涡式采光，内心真是激动不已。之前就有人告诉我说那里像一座森林，那种感觉瞬间涌了上来。穿过通道走出去，是高迪在世的时候就盖好的

“诞生之门”。当然，我以前就看过“诞生之门”了，可是这次是从不同角度看，感觉跟印象中的圣家堂有些不一样。难道是先入为主的想法在作祟吗？这次和前三次看到的圣家堂，到底是哪里不同呢？我一直在思考这个问题。

我看到建筑的骨骼就呈现在眼前。对啊，圣家堂并不是高迪凭空打造出来的怪异物体，应该说是一种建筑的文化。高迪是一个研究过历史的建筑师，从他的建筑作品构造、骨骼，就可以充分地感受到。在圣坛体验过有如森林般的密度之后，回头去看“诞生之门”就会发现，啊，那种感觉跟森林完全不一样。我也不知道该怎么说。我想，答案应该和雕刻以及建造的过程有关系吧？圣家堂在动工之前，不是会先做模型吗？先从二百分之一的模型开始做起，确定没问题之后就继续做五十分之一，然后是二十分之一。等这些步骤顺利完成了，才会进入一比一的原寸模型，再用石头去雕刻。因为有了这些脉络清楚的过程，才有“诞生之门”的出现。这是我这次参观之后的深刻感受。拱门是一开始最重要的骨骼，上面附加的那些设计，初看之时会觉得怪异，但是久而久之会逐渐融入其中，感受到丰富的多样性。

井上　说得很有道理。

光嶋　怎么样？住在每天都可以看到圣家堂的地方，有什么感想？

井上　是啊。这次我要在“诞生之门”对面的公寓过一个月。就算不想看到，它还是会出现在那里（笑）。我第一个感觉是，时间不同，感觉也会完全不同。早上的时候，在旭日霞光照射下被染红的圣家堂真的很美。加上因为跟我住的地方有些距离，所以看起来就像隔着透明滤镜朦朦胧胧的，好美。我是从窗户看出去的，而窗框就像素描簿里的有限空间一样。当白色的飞鸟掠过的瞬间，那画面真是美极了。

光嶋　是啊。没想到窗框发挥了相框的效果。

井上　没错。我对建筑是个门外汉。即使到现在，我对圣家堂还是一知半解。规模实在是太大了，不知道该从何处捕捉它的美。一下子消化不了，也无法全部容纳进视野里。所以，窗框的确帮了我很大的忙。刚开始，我只专注于上面的细节，像是哪里有变色龙什么的。可是现在，我会把距离拉远一点看，感觉果然就变得不一样了。

在时间轴上随时看得到圣家堂

光嶋　我的过程刚好跟你相反。我一出社会，踏进建筑这行之后第一次参观圣家堂，感觉好震撼。我的注意力总是被框架外的东西吸引，所以画画的时候不知道该如何取舍，或是该保持多远的距离。因为建筑的细节实在是太复杂了。

井上　嗯嗯，的确是这样。

光嶋　像这次这样每天都跑去参观圣家堂，对我而言是全新的体验。第一天来的时候，我站在米拉之家附近的饭店屋顶，从几千米之外就可以看到圣家堂。那一刻我才真正感受到，圣家堂是巴塞罗那、加泰罗尼亚多么了不起的建筑。当时我还看到了后面的海和山。在近距离单独欣赏个体的那种压迫感，和隔着几条街外看到的圣家堂，两种感觉截然不同。也许是因为可以看到全景的缘故吧，就像井上先生房间的窗框那样。和圣家堂保持距离之后，我觉得自己已经可以画了，所以才动笔画。

井上　是因为这样才画的啊。

光嶋　是的。我觉得保持距离才画得出来。

井上　可是，你刚才画的图，距离不是很近吗？

光嶋　那是刚才画的。第二天我进去内部参观时，又讨厌起昨天那个才画一天就好像领悟了大道理的自己，于是决定再把距离拉近看看。所以第二天，也就是今天，我又近距离画了一次。这栋建筑有好多阴影呢，而且表情一直在变。大概是因为受光面很多，阴影的变化也很丰富。可是也因为这样，我反而不知该如何是好。是要把重点放在天窗上面呢？还是门扉上面？我完全没有主意。高迪对于每个细节，都是那么谨慎细腻。工匠们也是，不分内外，没有一军二军的分别，每个部分都非常认真地雕琢。

井上　的确是不相上下呢。

光嶋　我看得都眼花缭乱了。实在很为难，最后只好靠素描簿的框来取舍。

井上　嗯。这样很有意思。圣家堂真的是无法尽收眼底，不但规模浩大，而且每个部分都是精雕细琢，让人不知该从何处入门。要看的太多了，眼睛反而不知道该看哪里，真的很难取舍。

光嶋　就是找不到顺序啊。

井上　的确是这样，没错。

光嶋　不过也就是因为这样，才想要去挑战它。与其用身体去感受，我更想要怀着对圣家堂所散发出来的异样感觉，以及对眼睛看不到的部分引发的好奇心去画。不光是画出形状，更要画出存在于那里的东西……

井上　就是顺其自然那样。

光嶋　对对对，就是那种感觉。这样真的轻松不少呢。

井上　也许就是因为曾经在远距离画过圣家堂，才会想要更进一步继续，也就是近距离作画吧。像我就没有办法在远距离画画，也许我该试试看喔（笑）。老实说，我在巴塞罗那住了二十多天，直到今天早上才进去参观圣家堂的内部。这次的感觉和以往不太一样。也许是因为在这里住了一段时间，所以即使是第一次进去，也可以静下心，自在地欣赏。

光嶋　在这里住了三个星期的感觉，和刚来时看到圣家堂的那种震撼感，应该是不同的。听起来像是已经跟建筑物成了好朋友，真是令人羡慕的关系啊。

井上　和建筑物成了好朋友吗……说得也是。

光嶋　因为你们一直保持这样的距离感，对吧？

井上　至少在我心里，圣家堂的确很亲切。

光嶋　不会觉得可怕吗？那种诡异的造型……

井上　大概是二十多年前吧，我第一次看的时候，的确是有这样的感觉。当时心里想着，这是什么玩意儿，真搞不懂设计师在想什么。大概和当时的年纪也有关系吧。可是每次来看，想法都会改变。但是这次距离真的很近，该怎么说呢，就像这样，可以带着偏心的角度去欣赏（笑）。其实，也有很多人批评圣家堂，不是吗？比方说，这个阶段的兴建速度是不是太急了。我也觉得或许真的是快了些吧。可是，我今天进去里面参观之后又觉得不该以目前的状况来下定论。圣家堂的地下室有教堂，可是目前还是有很多人认为它不算教堂，不是吗？那个空间原本就是要作为教堂的，所以它必须发挥那样的功能。因此，要等到它真的成为大家的教堂时，才能了解它的价值。所以我想，在那个时间到来之前，我们不应该急着下定论。事实上，它还在兴建当中呢。

光嶋　建筑通常是从荒地的状态开始整理，接着是兴建工程，然后变成完整的建筑物，过了一段时间之后还得进行整修。通常就是这个顺序。不可思议的是，圣家堂却是随时都在兴建中的工地现场。有正在施工的部分，已经在使用的部分，还有修复的部分，这三种作业同时间在一个地方进行着。这是非常罕见的情况。通常，对一栋建筑物而言，完工是最后的目标。可是……我却不希望它完工……我深深感觉到，在时间轴上随时看得到圣家堂，是它最大的魅力所在。

井上　这阵子，我发现很多时候我好像是在看圣家堂，其实是在看人。我住的公寓和圣家堂之间刚好有一座公园。那里好像是摄影胜地，每天都有很多观光客跑去那里拍照。我会在公寓里从后面观察那些人，好奇他们到底是来看什么的。不管是高迪这位人物，或是承接他的遗志继续兴建下去的人，甚至是前来参观的游客，我对人的行为真的很感兴趣。

因为普遍性而获得世人极大的回响

光嶋　高迪令人佩服的地方，就是他把自己的理想，忠实地投射在建筑上。这份坚持在很多人的心里引起了很大的回响。

井上　是的，的确是传达到内心了。

光嶋　这座充满加泰罗尼亚风格的建筑不仅受到西班牙人的喜爱，连欧洲人、亚洲人，还有世界各地的人，都特地为了目睹它的风采而来。今天我还看到穿着橘色袈裟、看起来像佛教僧侣的团体呢。可以看出圣家堂的魅力已经超越了高迪，非常强而有力地抓住了人们的心。就是这股强大的力量，吸引了源源不绝的观光客前来欣赏吧，我想。

井上　最明显的就是巴由之家了。其实，那个地方一整排都是加泰罗尼亚现代主义风格的建筑，可是观光客的目光都集中在巴由之家，旁边那些房子只被当成普通的建筑。像这样，高迪的作品所散发出的普遍性特质，就是能感动普罗大众的内心，让全世界的目光焦点都被吸引过来。这就是高迪和其他建筑师的极大不同之处。

光嶋　的确非常了不起。模仿似乎就是少了这种力量。不管模仿得再怎么像，就是无法散发吸引人的磁场。像高迪那样的魔力，到底是什么原因造成的呢？

井上　高迪曾经受过建筑文化的洗礼。可是，又是什么力量让他敢于超越传统的框架呢？连不懂建筑的人看了，也能感到喜悦无比。虽然无法明白地说出来，但就是感觉得到。

光嶋　说得没错。我本身是建筑师，从这个立场来分析的话，我想是因为高迪的作品并不像其他赫赫有名的建筑那样，处处都在突显建筑师的“我”。参观高迪的建筑时，并不会让人一直联想到“高迪、高迪、高迪”。这雕刻是不是某某人的设计？这个素材是不是高迪原创？或是这座高塔怎样怎样的，这些都已经不重要了。

井上　嗯，说得也是。

光嶋　我认为，也许就是那种隐匿性，不刻意突显高迪，反而吸引了大众的兴趣吧。仔细想想，像阿罕布拉宫或是帕特农神殿这些流传久远的古老建筑，也不会刻意突显建筑师或是当初兴建的目的。它们都是因为普遍性而获得世人极大的回响。许多古老的土器都是制作者不详，一些大家耳熟能详的世界名曲也不知道最初的歌唱者是谁。圣家堂不也有这些特质吗？不拒人于千里之外，永远张开双臂欢迎每个人。它不是那种会摆出一副“你是哪根葱，不要来！”的建筑。与其让人敬畏、害怕而不敢靠近，像圣家堂这样不是很好吗？

井上　听说，高迪还在世的时候，就已经预测到会有很多人来参观了呢。

光嶋　在他的心里，已经构筑好核心了。

井上　的确是这样。高迪早已打定主意，要让圣家堂走向普遍性。我不知道该怎么解释，就像是自然的道理、世间的准则那样。我想高迪一定很有把握，那么做是对的决定。而他也的确贯彻了这样的理念不是吗？高迪很明白，只要把轴心稳固好，就能成为畅行世界的真理。

光嶋　生长在大自然里的树木，不会排斥虫、鸟、动物，或是其他生物的亲近。不管对树好不好，是否能带来养分，树木始终挺立在那里。

井上　是啊。因为没什么好坏的分别。

光嶋　圣家堂就是这样。不论是什么身份，都欢迎大家一起共襄盛举，所以它才会有那么多不同的面相吧。

井上　有些常被拿来当作负面教材的生物，也会出现在上面。像是爬虫类那些。

光嶋　我想起来了。虽然之前我已经看过“诞生之门”好几次，可是这次我才注意到，圣歌班里面有亚洲人的面孔呢。啊，我想起来了，那不是外尾悦郎负责的吗？

井上　你是说，正中央的部分吗？

光嶋　是啊，就是九人圣歌班。他们的五官很类似亚洲人、日本人的样子呢。

井上　对，我今天也是这么想呢。

光嶋　如果非得挑毛病的话，可以说那部分不像高迪，太奇怪了。但事实上，出现亚洲人的雕像又如何？没什么好奇怪的。旁边和另一边的门，还不是清一色西洋人的雕像。

井上　就像“受难之门”苏比拉克斯的雕像那样。

光嶋　那些雕像的造型非常抽象化。

井上　听说，受到不少批评呢。

光嶋　我想，批评的人一定是有拿什么东西作比较才对。例如，这里应该这样、那里应该那样。可是我觉得，比较越多，只会背离高迪越远。说来者不拒是有点夸张啦，但是圣家堂不是一座包容力很大的建筑吗?

井上　如果把自然当成是老师的话，世界上没有无用的生命，也没有毫无贡献的生命。每个生命都有它的可取之处，如此才能形成循环。这是从观察自然所得到的答案，也是真理。高迪就是把这样的信念，忠实地表现在他的建筑上。

光嶋　这点的确是毫无疑问的。就像重力，还有对北半球而言，太阳从东边升起、从西边落下，总是偏向南方，这些都是不变的真理。只要在建筑的时候考虑到这些，就不会有所动摇了。

井上　反过来看，在那之后，一些非核心人物所制订的常识什么的，我倒不是那么相信。想要了解作品的好坏，从世人的评价就知道了。

光嶋　太认真看待那些人的说辞，很容易随波逐流，而落于人云亦云。

井上　说得没错。

光嶋　这个道理也可以用在素描上面。像我在设计建筑的时候所依据的，就是人的身体，其实就是自己的身体。人类用双脚在走路，一般成人的身高大约是1.5～2米。人类的身高不可能在一夕之间增加到3米，或是缩短为1米。意思就是，要完成一件耐得住时间考验的建筑，就必须以人的范围为主要考量。基于这种感觉设计出来的作品，不管时代如何改变，一定可以找到善用它的方式。所以，身为一个设计师，必须了解身体感觉的重要性才行。

井上　最终的用意，还是希望能够让使用者在使用的时候，感到轻松自在。

光嶋　不只是物理上的要求而已，还要有留白的部分。我想要盖那种能让人们享受留白部分的建筑。

感受制作者的身体状态

井上　这跟你开始学习合气道有关吗？

光嶋　关系很大吧。开始学合气道之后，会去特别注意眼睛看不见的东西。总觉得是不是有什么东西在那里，变得非常敏感。

井上　合气道的确是这样。那么，你的身体一定练得很强壮喽？

光嶋　合气道是一种武术，和竞技项目不同，并没有什么目的。比方说，打篮球的目的，是要把球投进篮筐里面。或者想要借此瘦下来，有些人是抱着减肥这类的念头啦（笑）。

井上　减肥？

光嶋　嗯，通常运动都有目的。只要设定好目标，花时间去苦练，就可以达成。但是，合气道并没有目标必须去达成。

井上　毕竟性质完全不同吧。学了合气道之后，是否能够更清楚地掌握自己身体的每个部分？比方说，自己现在的身体状况如何？甚至是对方的身体状况。

光嶋　我想，应该是可以的。过去我总以为很了解自己的身体，事实上我并不了解。

井上　说得没错。

光嶋　我以前也打过篮球。在球投出去的瞬间，就已经知道这一球会不会进。顶多就花点时间去猜是擦板，或是直接进球。这是手指的感觉吗？还是在球飞出后瞬间的直觉呢？学了合气道之后，身体的接收器会变得很敏感。常会感觉到，啊，这里也有那样的气。

井上　也许真的是不一样呢，以前我体验坐轮椅打篮球时，都没有注意到这么多。那时候我坐在轮椅上，球丢出去却完全投不进。有了那次的经验之后，我才知道打篮球的时候，下半身的动作非常重要。之前我完全都没注意到会这样，当时还大吃一惊呢。一旦对自己的动作、状态变得很敏感的时候，我想，应该就能做出好的作品了。很难用言语去解释，总之就是感觉美好、不会心浮气躁那样，也许那就是人体的状态吧，也就是可以感受到制作者的身体状态。如果制作者心有邪念，作品也会反映出来。回到高迪身上吧。高迪晚年对吃这件事限制很多，甚至曾经自主断食。断食结束之后，他也只吃些很简单的食物而已。只要是对身体不好的食物，他都不吃。我想，他是想透过自己的身体，把最好的投注在建筑上面。高迪很明白，一旦觉得自己的身体呈现停滞、不顺畅的话，也会给建筑物带来不良的影响。

光嶋　练习合气道，可以训练对身体的感觉。我崇拜的内田树老师曾经说过这么一句话，“让心变成透明的状态”。当自己受到某种东西牵制的时候，会看不见周围的一切。合气道就是这样，即使对手就站在面前，也不想跟他拼个高下。这个人是坏人，所以要打倒他，这样的武术简单易懂。但是合气道并不是这样，而是在碰到对方身体的瞬间，就感觉到仿佛是自己的身体一样清楚。这种感应器的灵敏度，实在令人非常佩服。人活着的时候，无时无刻不在散发自己的特质。如果把那种特质解释成是“气”的话，那么接收器不够灵敏的人，就无法感受到了。我想建筑，就像是投接球的效果那样。镜子会把眼睛看到的视觉情报反射回来，而空间所散发出的美好磁场也会以各种形式，透过建筑进入我们的身体里面，不是吗?

井上　听起来很有意思。合气道就是要教人如何去感觉人与人之间那些眼睛看不到、但确实存在的磁场。这个解释也可以套用在建筑上面，空间里面看似空空如也，事实上存在着看不见的东西，让人感到心情愉快。

光嶋　说得很对。那就是所谓的“间”。可怕的是，当我们打算用语言说明时，却又会说成不同的结果。合气道也是，原本想要好好练习，可是一旦意识到手要摆在哪个位置时，脚反而跟不上拍子了。 如果是高手，当然能够随心所欲地移动手脚。如果意识到今天的敌人功夫高强，就不去硬碰硬，而要不动声色、静观其变。敏感度不够的人，是无法做出这些反应的。话说回来，把心变成透明，毕竟只是一种理想状态，因为实在是太难做到了。

井上　的确是很难。

光嶋　要全心投入可不是件容易的事。真正能够忘记时间，而做到全神贯注的时间，其实非常短暂。同样的，要在心如止水的透明状态下创作，那是何其困难啊！

井上　常常立了一个目标，结果却不尽如人意。因为太在乎目标了。

光嶋　是的，当心里只想着目标的当下，就已经无法集中了。

井上　那表示心跑到外面去了。

光嶋　这样就不是透明的了。

井上　那么素描的时候，是怎样的情形呢？

光嶋　也是意识到目标的瞬间就不行了。所以，必须跟对象同化才行。

井上　说得也是。

光嶋　建筑也一样，待在建筑物里面比较容易和建筑本身同化。可是像今天，我在画建筑物的外观时，却想要和整座市区同化。路上的人、车子的声音，一切的一切。我想要专注于此刻，我的人就在巴塞罗那的那种氛围之中。甚至超过我想集中在素描这件事情上……

井上　嗯。就是融入自己的所在。

光嶋　是啊。我很想让那个时间静止不动。

井上　那个时间点，已经把对画画的杂念，比方说想要把图画好，或是要画得多正确的想法抛诸脑后了吧。

光嶋　要是我还想着那些，就画不下去了。

井上　的确是这样。

最重要的就是把故事里的角色变成活着的人

光嶋　我看井上先生的漫画，就是从《灌篮高手》开始的。现在我比较喜欢看《浪客行》和《REAL》。我常在想漫画家到底是什么，应该是像说书人那样吧。就是把故事传达给大家的人。我是看NBA（全美篮球协会）长大的，所以对NBA的情报还蛮了解的。记得当时看《灌篮高手》，发现故事内容的灵感是来自迈克尔·乔丹参加的全明星赛时，内心真有说不出的兴奋。可是，好的漫画厉害的地方就在于，即使看的人不知道流川枫的投篮风格其实是来自杰森·基德，也不会因此就觉得《灌篮高手》不好看。我是因为个人的因素，所以从里面体会到更多不同的快乐。不过，这应该和井上先生想要传达的本质不一样吧。

井上　是的。

光嶋　说书人了不起的地方就在这里，能够巧妙地把故事说给大家听。我很想知道，在面对宫本武藏，还有这次的高迪为对象时，井上先生是如何把想要传达的故事，画在纸上的。以我来说的话，我会让自己和建筑同化，把身体感觉到的画在纸上。

井上　我很高兴你说我是说书人。不过，我本身倒是没有什么特别想要传达给大家的故事。因为有想要画的故事，所以动手去画，我并不是按照这样的顺序走的。纯粹就是喜欢画图才当漫画家的。既然要画漫画，当然就要有角色才行。角色会和人展开交流，故事就这样产生了。

光嶋　是这样啊……

井上　我刚在想，要如何去编出一个故事来。可是实在想不出答案。我想，最重要的就是把故事里的角色变成活着的人吧。那是出发点，也是终点。

光嶋　前几天，我重新看了一遍《灌篮高手》之后，有了新的看法。我觉得角色的个性很浓厚呢。

井上　（笑）。

光嶋　我说的浓厚，就是丰富的意思。像马赛克那样。樱木、流川和大猩猩（赤木刚宪），光是这三个人就已经很足够了，没想到湘北（高中）又出现几个厉害的角色。不管是比赛对手，还是加油的观众，每个人都栩栩如生。角色越浓，对阅读故事的人而言，也越会觉得丰富精彩。井上先生是否也和暗恋（赤木）晴子的花道的心情同化了呢？

井上　嗯，同化了……

光嶋　距离感大概是多远呢？在画的那一瞬间。

井上　有时候的确有瞬间被同化的感觉。应该说是“疑似体验”那样。

光嶋　大猩猩投篮的那种气势，你在画的瞬间，就已经被同化了吧？

井上　嗯，应该是吧。我的个子不高，弹跳力也不够，在现实生活中不可能灌篮。可是在画《灌篮高手》的那段时期，我却梦到自己跳得好高呢（笑）。

光嶋　（笑）。

井上　所以还是有被同化。就像做梦一样，在半空飞起了5秒钟那样。虽然是画在纸上的故事，可还是有所谓的必然。例如，角色越生动，就越会觉得那个角色在这时候应该会这样跳，这边这家伙应该会那样动等等。故事就是这样串起来的。

光嶋　三井（寿）会在这里挡下来。像这样，仿佛亲临现场看到这样的场面对吧，在画的时候。

井上　接下来会怎么样呢？现在就可以看出答案了。因为现在是这样，所以接下来会变成那样。不断地重复，剧情就跟着一直串联下去。

要画高迪，亲临现场非常重要

光嶋　那么，你在画武藏、《浪客行》的时候也是一样吗？

井上　是一样的。

光嶋　不是任何时候都会先想好故事，就像先想好音符，再做成音乐那样。而是脑海里出现一个音符，然后心想，下一个音符应该是这样吧。所以，我们只是发现结果的人。之所以会联想到说书人，大概是因为漫画家可以预先看出故事走向的缘故吧。

井上　我想是因为已经看到通往结果的那条线吧。可是这种感觉，每次画的时候都会出现。

光嶋　所以说，要画高迪，亲临现场非常重要。这样可以磨炼画画的时候被同化的那种感觉。

井上　我一定要按自己的方式亲身体验高迪这个人，否则我画不出来。

光嶋　以前曾经看过有人这么写，人不会梦到大脑里面没有的东西。想象力会在我们睡觉的时候，把我们曾经看过的电影或是看过的书，拼凑成一个不可思议的组合。我梦想过自己是迈克尔·乔丹，可是要我去幻想一个从来不曾接触，或是创造出一个从不曾见过的东西，我想是不可能的。

井上　没错。

光嶋　以这个意义来看，自己喜欢的东西，是最容易让自己投射其中的。有了共鸣才能在创作的时候，感到如鱼得水般的顺畅。

井上　这种感觉越浓越新鲜，就越能创作出好作品，不是吗？以我自己为例，一方面是自己漫画的读者，一方面又是画漫画的人。《灌篮高手》就是在这两种身份重叠的情况下完成的。

光嶋　啊，那么，你现在已经不看漫画了吗？

井上　现在很少看了。可是在画《灌篮高手》的时期，我非常了解读者看的时候会有什么感想。现在倒是不太了解呢（笑）。

光嶋　隔了那么多年重新看过一遍后发现，里面有很多笑话，而且井上先生偶尔会出面解说，时间抓得刚好，还会告诉大家什么是“30秒规定”，偶尔也会吐槽。那种感觉就像玩投接球那样，看漫画的读者也会觉得很过瘾。

井上　是啊。

发自内心愉悦地创作

光嶋　我仔细看了图画，发现《灌篮高手》其实也从各种角度在描绘人，不是吗？像是摆成圆阵……

井上　你是说构图吗？

光嶋　是的。要画出这么多样化的人物，真的很不容易。

井上　说得没错。很早之前我就告诉我自己，不管是从何种角度，我都要能画出来。所以在连载的过程中，我还在继续磨炼。在我心里，这就像是跟漫画角色同时起跑一样。毕竟我并不是美术大学毕业的。

光嶋　就是训练自我。

井上　接受各种挑战，一定要学到会为止。在连载之前的短篇，大家就已经看过了，所以也没什么好丢脸的。我就是这样，一面画着不成熟的画，一面努力学习。

光嶋“完全版”的封面是后来才画的吧？技巧非常纯熟呢。

井上　那是连载结束后才画的。

光嶋　全部都画得好棒。我很喜欢那种难以形容的笔触。一打开看，出现的是完全不同的图画（笑）。

井上　因为那是初期的图画。还有人建议我全部重画呢（笑）。不过那是行不通的。

光嶋　那种落差，还真是让人大吃一惊呢。

井上　那个时候有那时候的气氛。我投入很多热情和野心呢。

光嶋　毕竟是二十多岁的小伙子。

井上　至少当时是发自内心愉悦地创作。虽然技巧不纯熟，不过我花了很多心血，才能有那部作品。

光嶋　你是什么原因开始看篮球的？

井上　是加入篮球社之后。当时没有电视转播，只能买杂志看，或听收音机。NBA的东西都很贵呢。

光嶋　是啊是啊。我因为父母工作的关系，曾经住过加拿大。从这点来看，我的确活在很优渥的环境。当时刚好遇到多伦多暴龙队成军，所以就跑去看了。

井上　对了，那个时候多伦多曾经举办过世界篮球锦标赛。

光嶋　那个时候我正好住在加拿大。

井上　是吗？那次我也有去呢，带读者一起去的。

光嶋　在那个年代，NBA在日本还不是那么有名。

井上　的确是没什么人知道。

什么事都没有发生就开始进行只是一种理想

井上 现在的我，以及创作漫画的人都一样，在工作上要挑选什么题材，几乎都不是自己主动发掘，而是顺其自然，就是看缘分。就像这次高迪的工作也是。所以总是有一种，没准备好就发车的感觉。只觉得很有趣，就懵懵懂懂地上了车那样。后来才发现，实在是好辛苦啊（笑）。不过我想，这一定是好的缘分，我就是抱着这样的信念继续做下去的。

光嶋 建筑这行刚好相反。因为受到客户的委托，所以必须让他们能够看到未来会变成什么样子的蓝图才行。可是我个人觉得，不知道会变成什么样子，做的时候比较快乐。

井上 因为会有期待的心情。

光嶋 先画好设计图，交代工人要这样盖。到现场去看，他们也的确盖起来了。虽然是自己设计的，却觉得很无趣。所以我常跑去工地跟师傅们建议，这边这样做比较好，窗户改成这样才会有更多光线照进来，阴影会落在哪里等等。虽然我从事的是可以预测未来的工作，可是我希望能多加进一些预测之外的东西，这样才有挑战性。

井上 去现场看的话，会看到很多在设计图上看不懂的东西吧。

光嶋 和设计图完全不一样。工地现场不是画纸，那里会堆放很多建筑材料，比设计图上的要大出好几倍。

井上 而且有光线。

光嶋 最终还是要靠人。因为工匠们的努力才能完成，也就是靠手的力量。

井上 是啊，要靠干活的人。

光嶋 他们的努力所留下的成果，就是建筑。贡献真的很大。

井上 除此之外，还要考虑住在房子里的人。

光嶋 那是当然的。人住进去之后舒不舒适？这样的高度合适吗？除了实用方面要考虑之外，素材也很重要。

井上 因为不能盖出不适合，或者应该说与住户不相符的房子。

光嶋 这就是问题所在，什么程度表示不相符呢？比如说，这个人喜欢这样的品位，就算我认为那样的设计很突兀，还是会照他的意思去设计。每个人的品位本来就不一样。可是身体上的东西，一旦本质出了差错，就无法挽回了。这点很重要。我喜欢把各种元素混合在一起，所以常常会在作品中加入不同元素当作挑战。当然不是恶作剧。因为在工地现场，会临时想到很多点子。

井上　你的判断依据是什么呢？

光嶋　自己的身体。不是用眼睛看，而是用皮肤去感觉光线之美。比方说，瓷砖的厚度是多少，只有设计师和制作的人才知道。这是薄一点的吗？还是有2厘米那么厚？这两者的感觉差别很大。杉木板也是。这是3厘米以上厚度的呢？还是薄一点的呢？只要一踏上去马上就会知道。

井上　即使是不了解建筑的门外汉，也感觉得出来吗？

光嶋　当然可以。虽然表面看起来都差不多，可是我不希望因为预算不足而偷工减料。

井上　偷工减料的感觉很差呢。虽然跳脱了访谈的主题，但是说起来真是不可思议。现在复制的技术很厉害，连影印原稿的质感都几乎可以以假乱真。可是，排在一起比较的话，就会发现差很多。我也不懂为什么，大概是原画的重量和密度的关系吧。

光嶋　如果没有铺设隔热材料，建筑物本身的基本特性，例如寒冷、闷热的问题会非常明显。所以空间和密度这样的东西，的确会影响人们的感觉。

井上　比方说，在某个地方必须这样盖的时候，工匠们会记住这点，然后运用专业技术去完成它。

光嶋　井上先生在画漫画时，故事里角色们的对话都是自己一手包办。在这方面，我就轻松多了。因为我有工匠的协助。和各种专长的工匠们一起讨论事情的感觉，真的很棒。虽然画设计图非常重要，但是亲自到工地和工匠们讨论，这个地方这样做是不是比较好，或是这种设计无法达成等等，这样的过程非常痛快。

井上　事实上漫画也不是一个人的力量能够完成，除了要请助手画背景之外，还要依靠各方面专才的协助才行。

光嶋　统筹这些事情的人就是编辑了吧。他们的一句话，往往可以让进度往前推，或是中途踩刹车对吧？

井上　通常是用讨论的，其实就像闲话家常那样，然后慢慢找出该走的方向。

光嶋　过去我一直以为漫画是一个人闷在家里独立作业呢。

井上　那种时间当然也是有啦，不过那要等进行到某种程度之后才有需要。什么事都没有发生就开始进行只是一种理想。我通常会在开始的时候，跑去便利商店（笑）。每次要展开辛苦的工作之前，都会想办法纾解压力。我习惯跑去那里，为开始出发做好心理准备。

光嶋　希望动得了。

井上　我会一直待到能动为止（笑）。因为我不能自己踩刹车，要是搞砸了也是要自己负责。我真希望能像刚才提到的内田先生所说的“让心变成透明”的状态。

光嶋　什么都不去想，开始去做，这样就会动起来了。

井上　对啊。不要走错路就好。我想，这一路走来应该是没有走错才对。当然，本来就没有什么对或错。

光嶋　真是浩荡的旅程。不知道前途是什么，却还是勇敢向前冲。同时挑战困难和享受快乐。

井上　是啊。不去想旅程的开始或结束，这样一直往前走就对了。

位于利乌多姆斯的高迪老家

Re-investigación de Cataluña

再访加泰罗尼亚

2014年2月，距离上次拜访之后过了3年，井上雄彦再度踏上高迪成长的地方。这次他去了高迪出生的老家，和高迪的亲戚见面，还下榻在深化高迪思想的那间修道院。

※连羊也跑来欢迎我……真不错。

※长得好像……

与高迪的亲戚玛莉亚·特雷莎见面

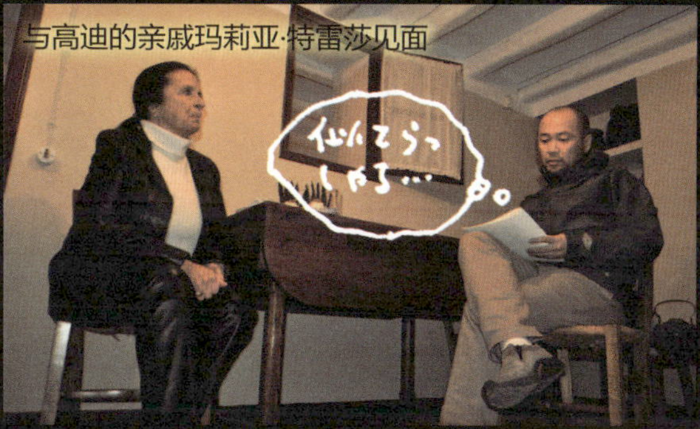

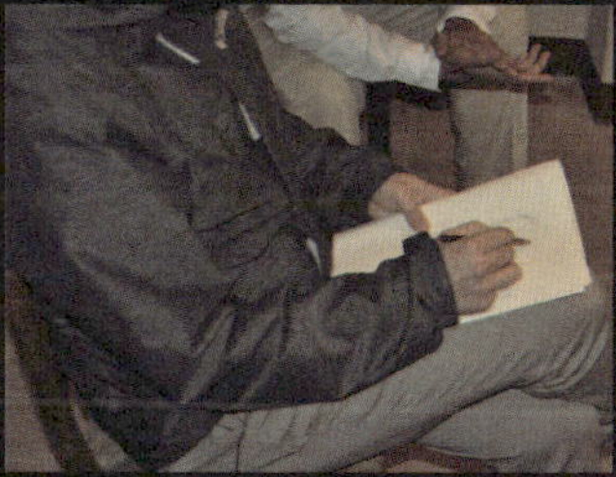

利乌多姆斯的自然风景

※发现羊的粪便。

利乌多姆斯的市区和早市

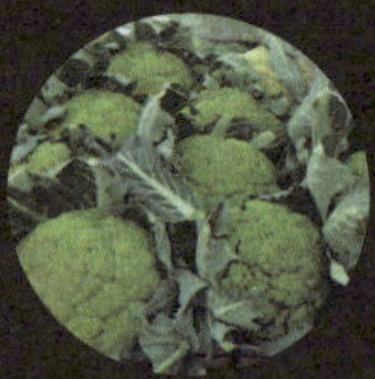

波布雷特修道院

高迪在雷乌斯就读的学校。

※一到学校就有点兴奋呢。　　※为什么呢?

米拉之家

古埃尔宫

※好难画。

巴由之家

※好难画。

古埃尔公园

造访蒙瑟莱特山

※喵……

圣家堂

OSSFRA DE
MAÍS LIBRA
我らを悪より
ARQUITECTE. JORDI
ESCULT. SUBIRA
FONERIA VILA
BRUNO GALLAR

刻在圣家堂荣耀立面（目前还在兴建当中）门扉上的井上雄彦亲笔毛笔字。门上写的是圣经里的一句话“但救我们免于凶恶”。这句话被翻译成了许多国家的语言，刻在上面。这个部分还在兴建当中，尚未对外公开，不过我们得到特别允许，在这里拍了张照片。

井上会在圣家堂留字，主要是当时在圣家堂工作的雕刻师布鲁诺·格加鲁（Bruno Gallart）先生的盛情邀约。那是旅行中非常难得的缘分。布鲁诺先生突然说：“这个门上面还没有手写的日文，您愿意写一段吗？”井上很快就答应了。2011年5月底，井上于下榻的巴塞罗那饭店房间里，在纸上写下的毛笔字、撰写的文章、和布鲁诺先生的对谈等等，都收录在《井上雄彦遇见高迪》的书籍+DVD之中。

松

緑のフェンスの外
いろんな 種類の
鳥の声

コロニアグエルの
不粋ともいえる緑の
フェンスの外から眺める

ハトくらいの大きさの
おもしろいトサカを
もつ鳥が来た

フェンスの外に
見るものが
あるぞと

言われてる気もした。

如本に立派な
建築であれ
人の手によるものでは

時代が進んで

次の世代の人たちが

どう扱うかは その人たち

の選択であり、建築の
おかれる状況はその時代の
その人たちがどうありたいか

の選択の形である。
正しい建築であればそのオリジンは
いつの時代にも変わらずに

ある。はずのもの。

自然。 オリジンに還る
ことこそいつの時代にも普遍の
最良の方法 幸せもそこにある

PARADORES

Paradores de Turismo de España, S.A. Requena, 3 28013 Madrid Tel. 91 516 67 00
Central de Reservas: Requena, 3 28013 Madrid Tel. 91 516 66 66 Fax 91 516 66 57/58
www.parador.es / e-mail: reservas@parador.es

Mod. d.18

PARADORES

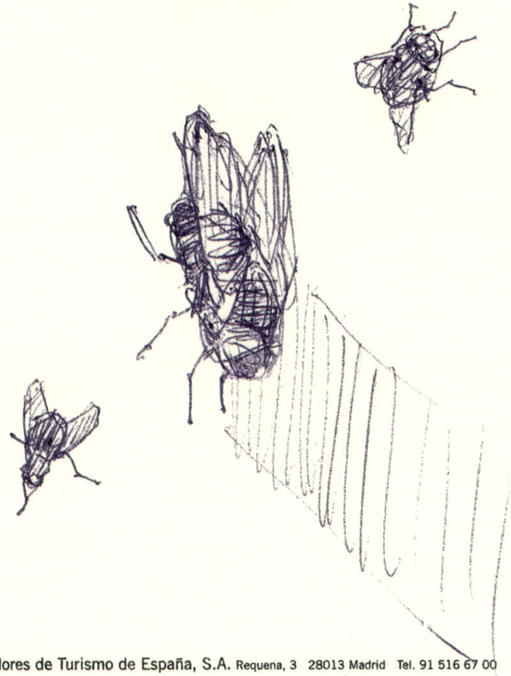

Montserrat

L'Agrícola Regional, SA
Central de Reserves
E-08199 Montserrat
Barcelona
Tel. 93 - 877 77 01
Fax 93 - 877 77 24

NIF: A-28059483

PARADORES

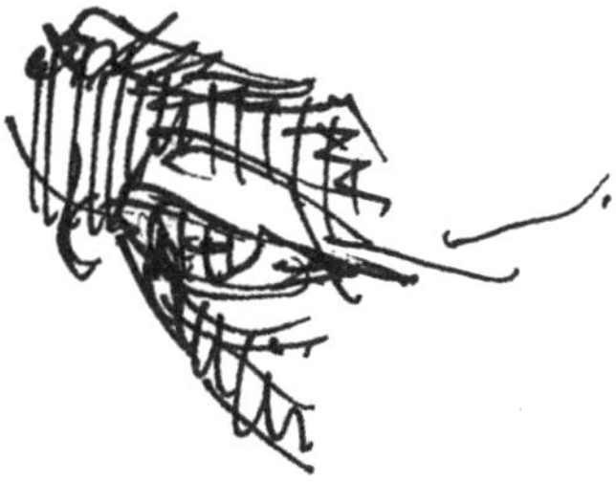

ガイディぽん
おじさん

ニューヨーク
シティー
ガール
は
こういうのは
着ないだろうな

たぶん
観光客

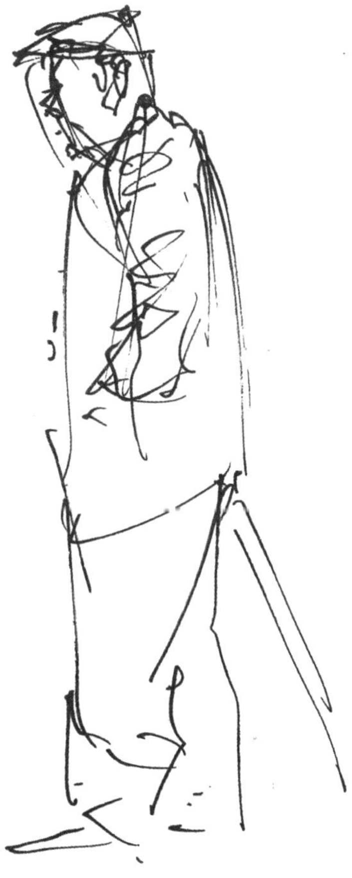

アリオリ

tipical catalan paella

焼きビーフン
みたい

うまい

エビ、
ムール貝、イカ

など

これは前菜

cortado

RIOJA

タラゴナにて

オリーブの産地

だけあって（たぶん）

オリーブが

うまい！

↓

dry = ~~si~~

seco.

---

vino branco seco

Mejillones a la marinera

水
ワイン
MILK

パン
ビネガー
オリーブオイル
SALT

パスタ入りのスープ
味は極うす
パスタ
やわい

トマト
オリーブ
レタス
野菜サラダ

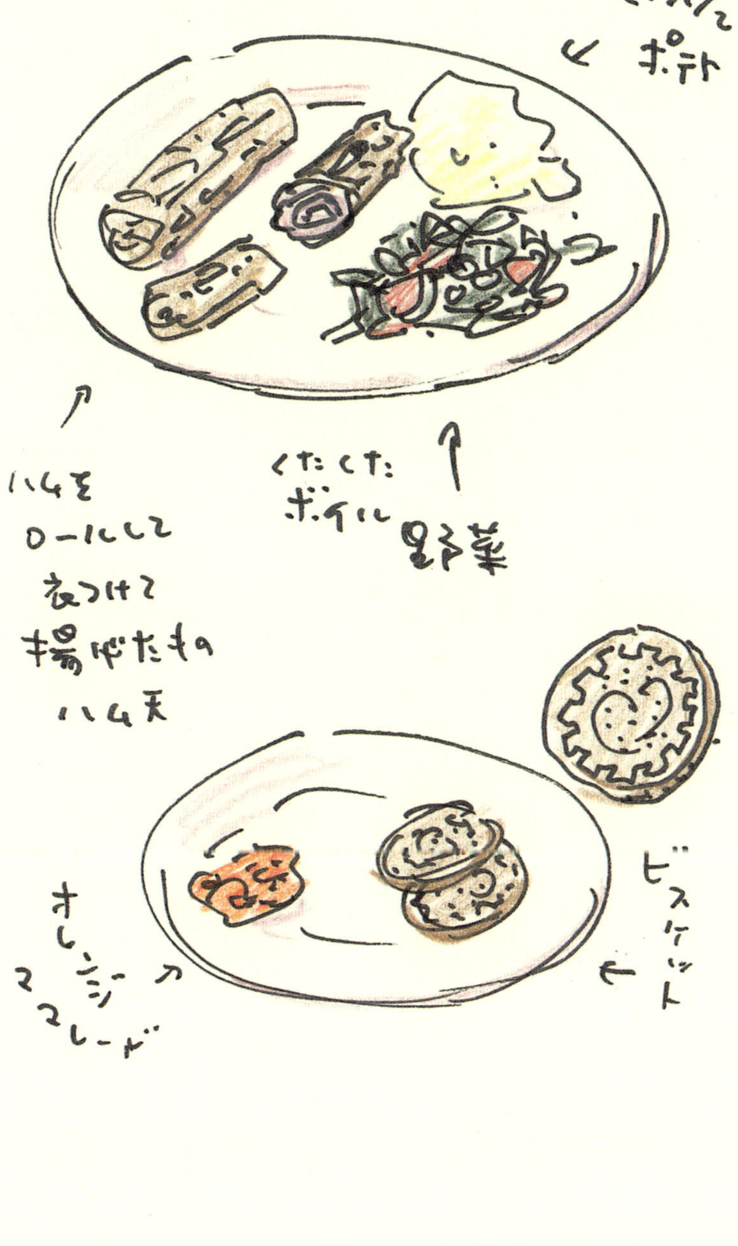
つぶして ポテト
ハムを ロールして 衣つけて 揚げたもの ハム天
くたくた ボイル野菜
ビスケット
オレンジ ママレード

早食い競争のように皆 食うのが
早い

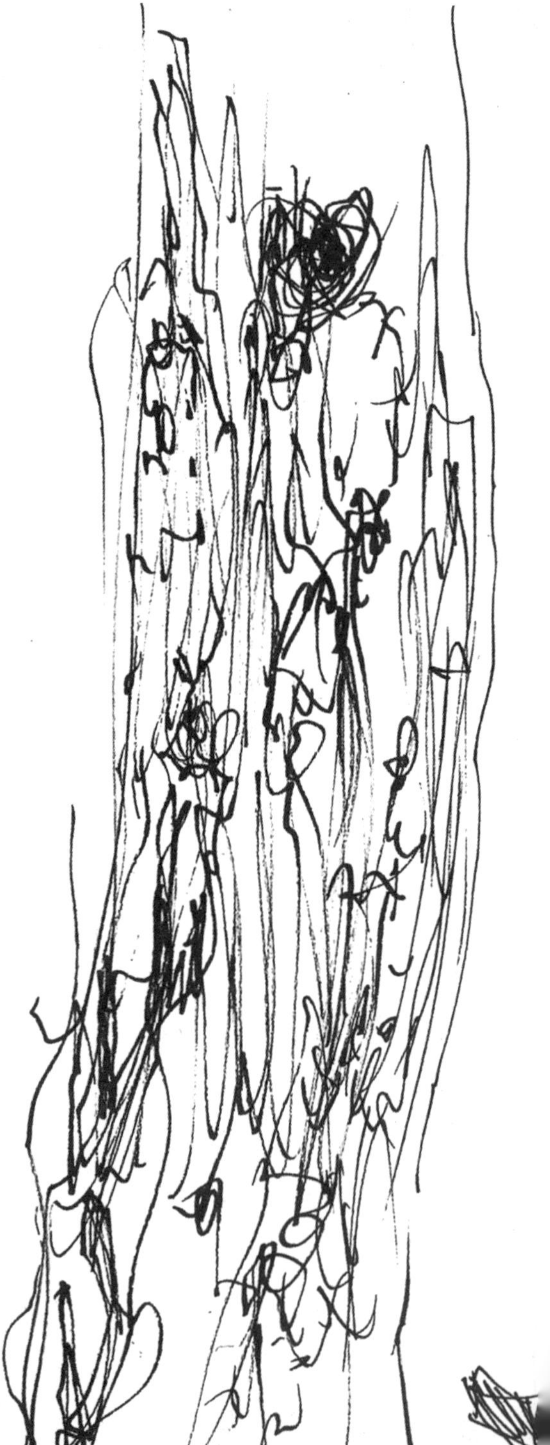

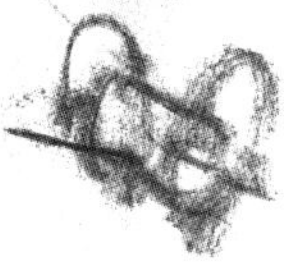

夕方になると

おとしよりたちの

カードゲームが

はじまる

iphone を
いじる
おじさん

コロンブス は コロン
ブスはどこから？

公園にある
水飲み場

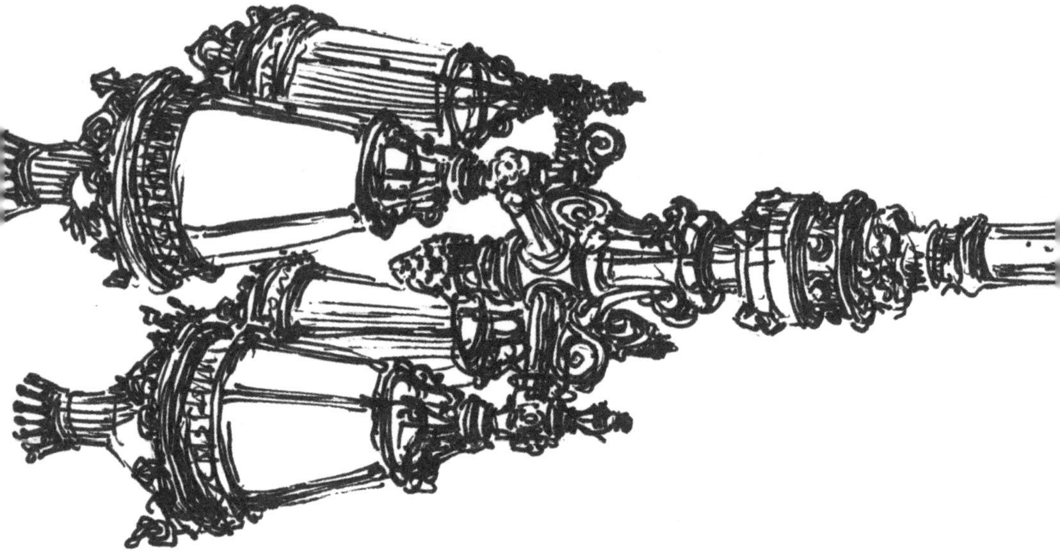

ゴージャスな
水のみ場
RAMBLA DE CAT の
CIUDAD CONDAL
のとこ

カメ

夏は 暑くて 乾いてるから 犬たちに
水 飲み場 が あるのだろう
ふつうに 今も 道行く人が
のんでる

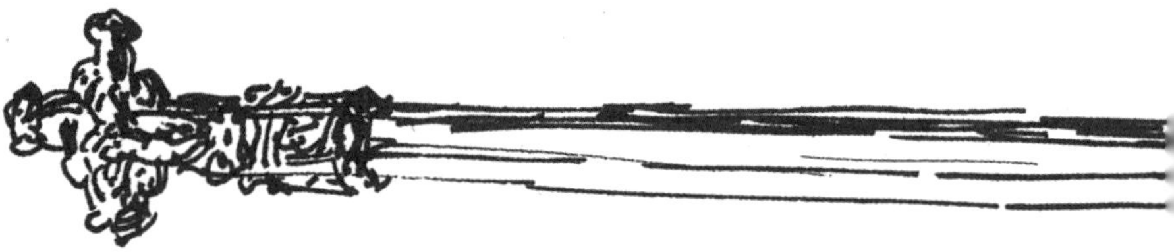

レウフで見た
水飲み場

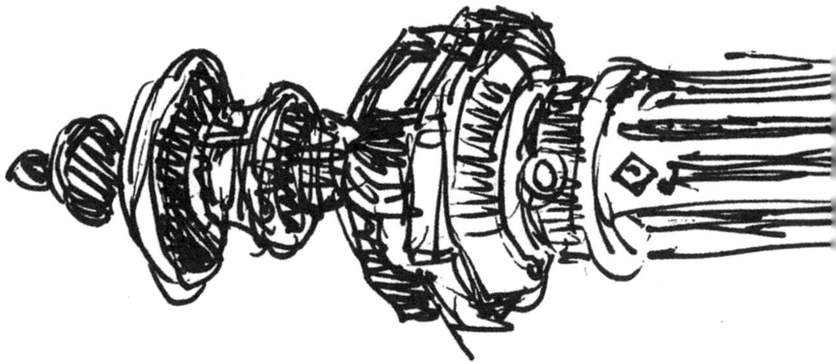

水のみ場

いろんな大きさ、

形がある。

ディアゴナル通りで
みた
水飲み場
つかまえた
カエルの口
から水が出る

シウタデリャ公園の
ライオン

シウタデリャ公園の
入口の とこ

ガウディ による
デザイン

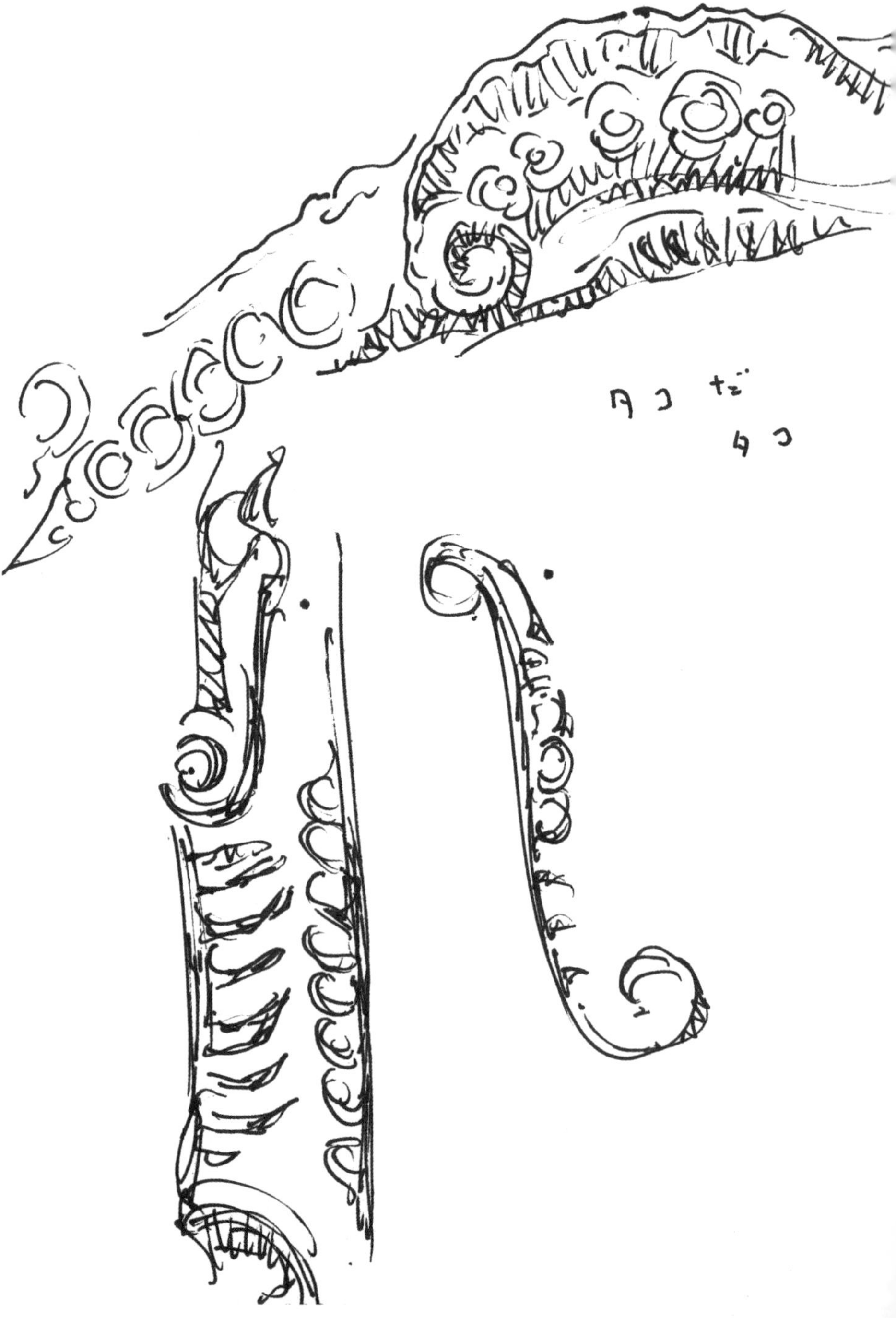

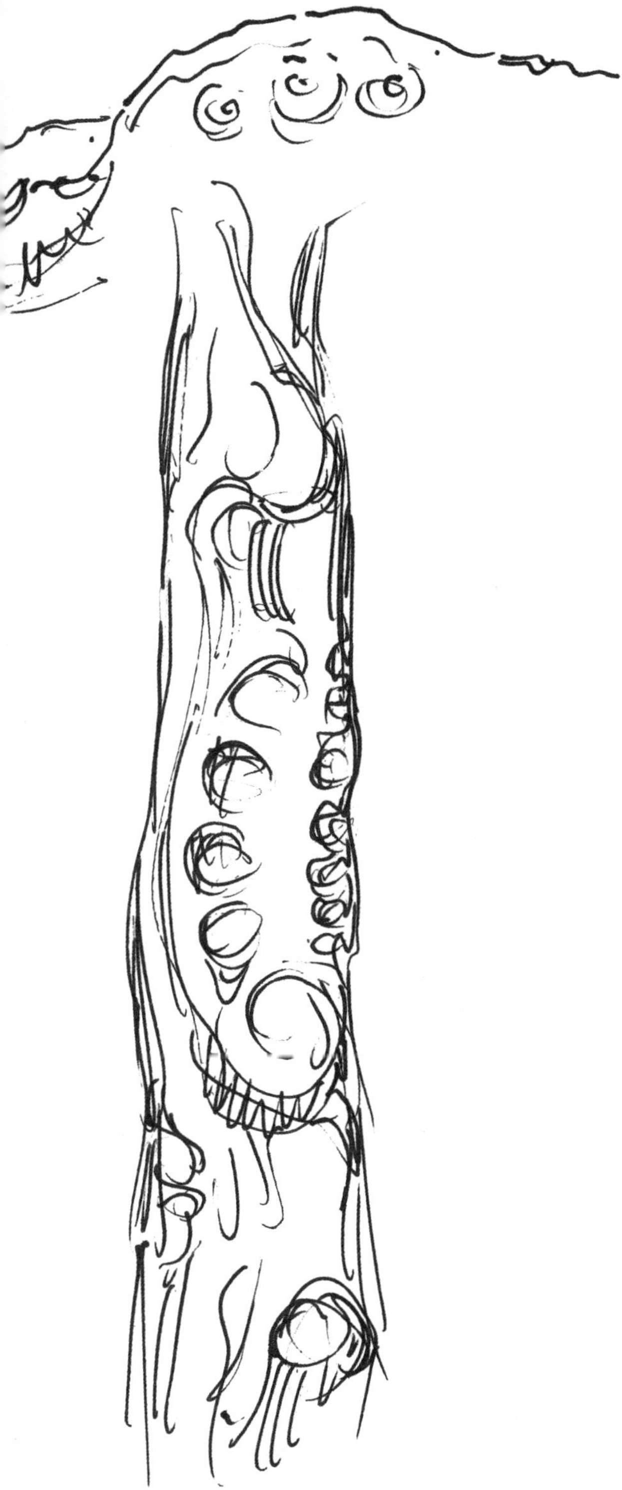

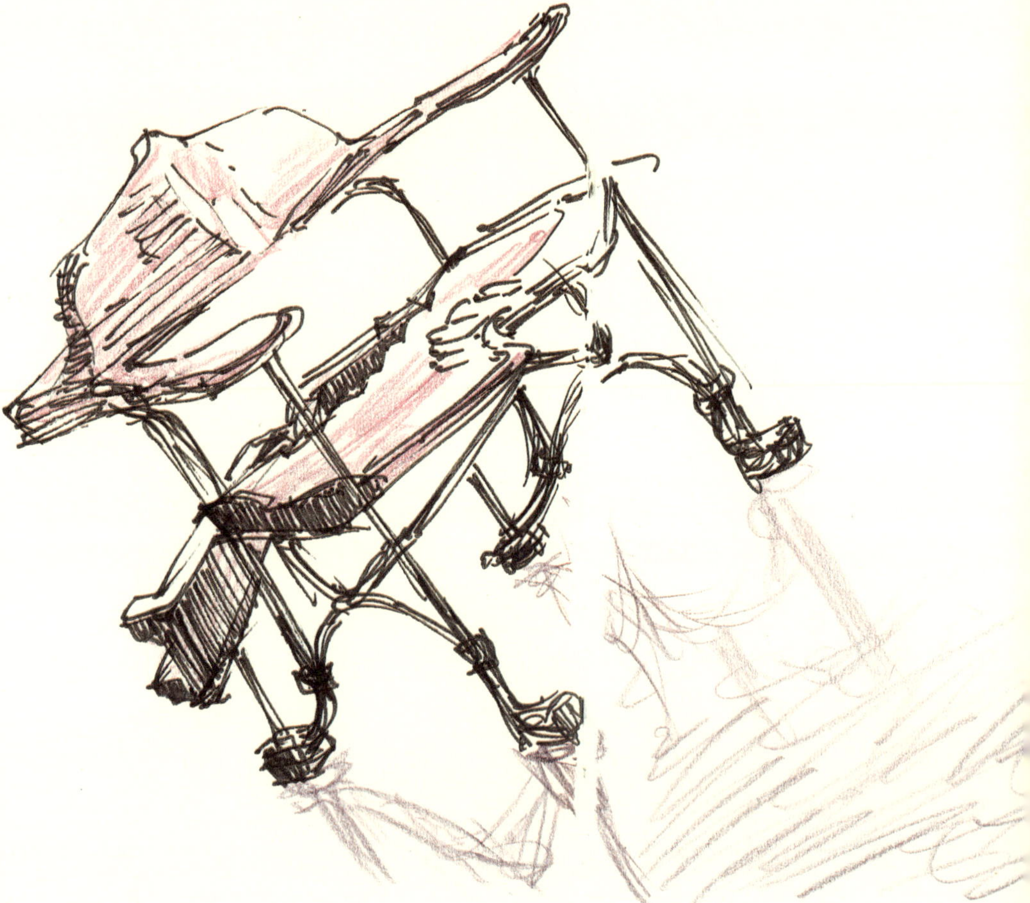

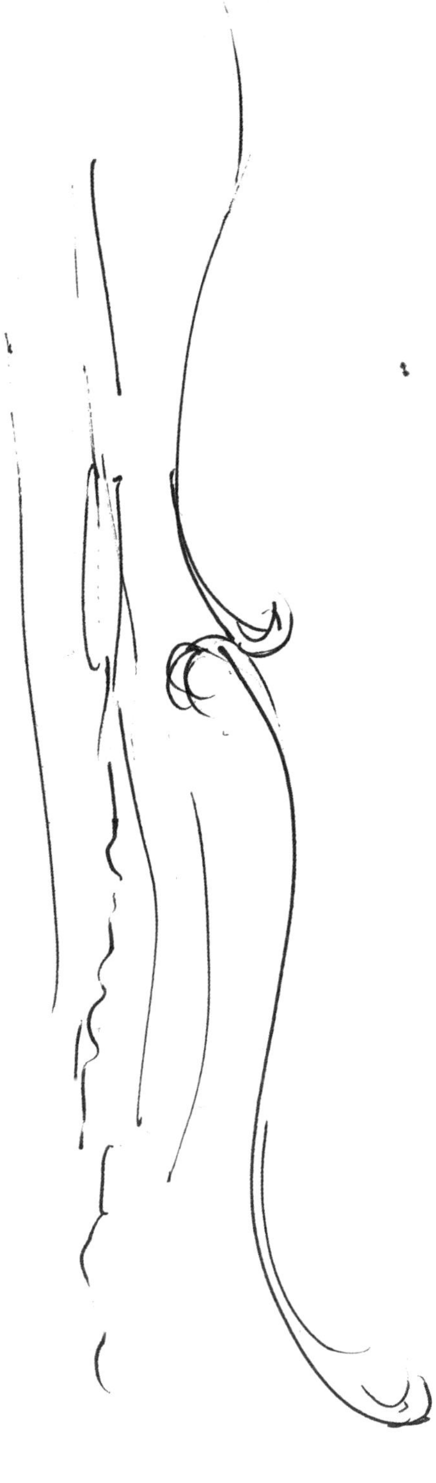

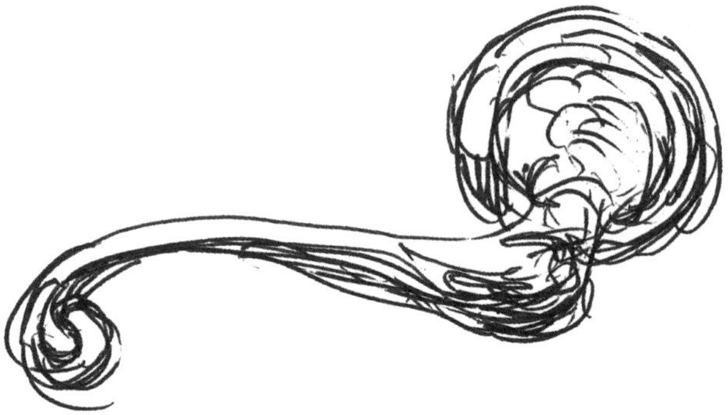

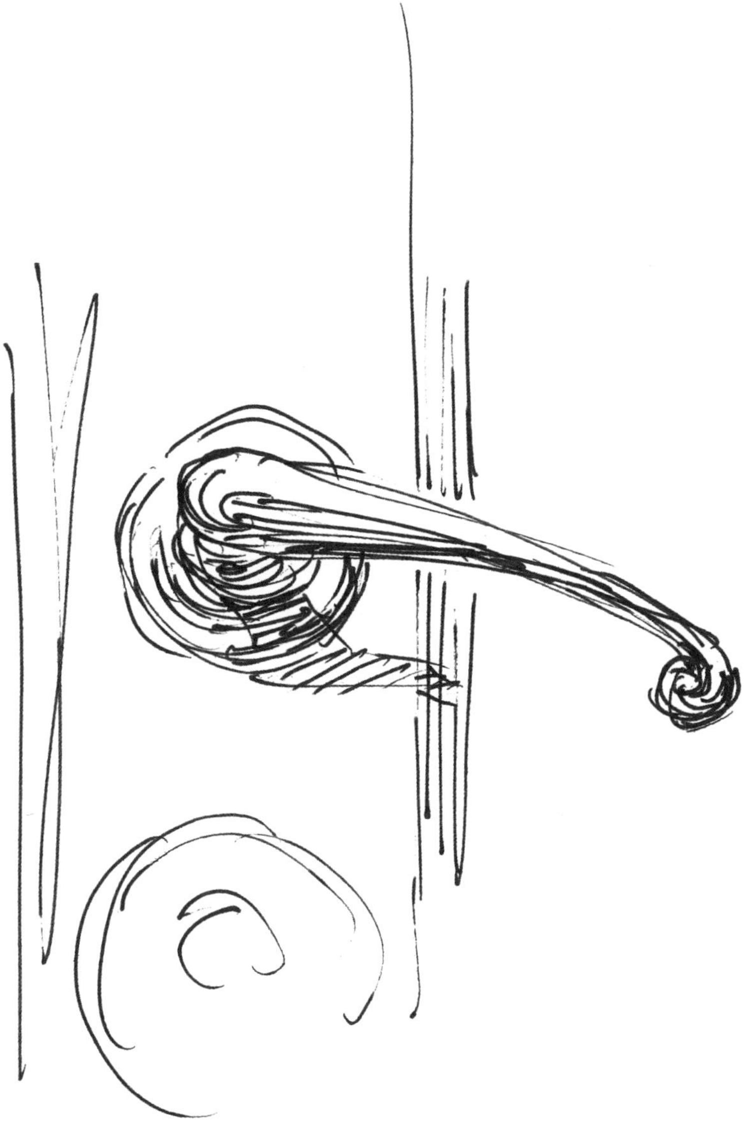

カメレオン

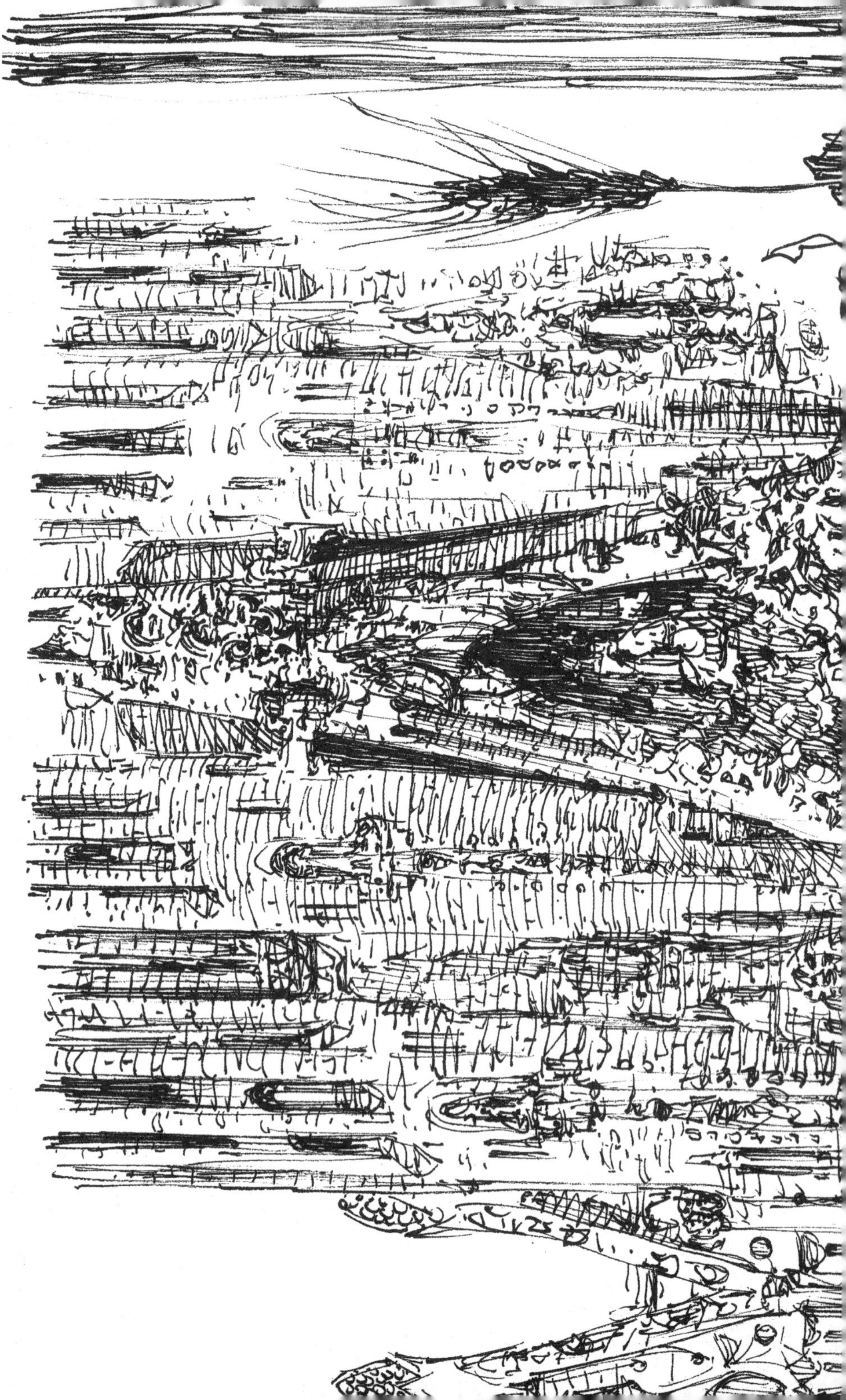

中日翻译对照页

P3
①松。

P7
①在绿色的围篱之外，听到许多种鸟叫声。

P8
①从古埃尔纺织村教堂那个不识趣的绿色围篱外，往内眺望。
②见到大小像鸽子一样，头顶着有趣鸟冠的鸟飞来了。
③围篱的外头还有好看的东西喔，它仿佛这样告诉我。

P9
①不管多么伟大的建筑，都是人的双手建造的。随着时代的进步，下一个时代的人们会如何处理建筑物，是他们的选择。建筑所存在的状况，也就要看那个时代的人们想要怎么做，是一种选择的形态。如果是正式的建筑，它的原创性在不管哪个时代都不会改变，是理所当然的模样。
②自然。只有返回原创性，才是不管哪个时代，最普遍的最佳方法，幸福也是存在于那里。

P31
①长得像高迪的阿伯。

P35
①真正的纽约女孩，应该不会穿这样的衣服吧?

P37
①大概是观光客。

P54
①很重的样子。

P56
①大蒜蛋黄橄榄油沾酱。

P57
①窖藏淡啤酒。
②海鲜饭。
③像是炒米粉似的。
④好吃。
⑤里面的料有虾子、贻贝、乌贼等。
⑥这些是前菜。

P58
①浓缩咖啡。

P60
①关于塔拉哥纳。
②因为是橄榄的产地（大概吧），橄榄超好吃!

P62
①干的。
②布兰科干酒。

P63
①贻贝。

P64
①牛奶。
②水。
③葡萄酒。

P65
①面包。
②醋。
③橄榄油。
④盐。

P66
①意大利面，很难嚼。
②加了意大利面的汤，味道非常淡。
③番茄。
④橄榄。
⑤莴苣。
⑥生菜沙拉。

P67
①马铃薯泥。
②把火腿卷起来，沾上面衣之后拿去炸，就是火腿天妇罗。
③在锅里煮烂的蔬菜。
④柑橘类的果酱。
⑤饼干。

P69
①好像在比赛谁吃得快似的，大家拼命吃。
②沉默。

P87
①
到了傍晚，老人们开始打牌。

P88
①
在玩iPhone的阿伯。

P105
①皇家广场，这里有高迪设计的街灯。

P109
①哥伦布啊、哥伦布是从哪里来的?

P110
①公园某处的饮水塔。

P113
①豪华的饮水塔，位于RAMBLA DE CAT的CIUDAD CONDAL。

P114
①乌龟。

P115
①因为夏天又热又干，所以才四处设置饮水塔吧。即使到了今天，仍旧有路人经过，喝水解渴呢。

P117
①在雷乌斯看到的饮水塔。

P119
①饮水塔有各种不同的大小和造型设计。

P121
①在迪亚哥纳尔大街，沿路看到的饮水塔，水会从被抓住的青蛙嘴里流出。

P127
①城堡公园的狮子。

P129
①城堡公园的入口处。
②这是高迪设计的。

P132
①有章鱼、章鱼。

P144
①变色龙。

吉图字：07-2016-4631

图书在版编目（CIP）数据

井上雄彦再访高迪 /（日）井上雄彦著 ；许嘉祥译
. -- 长春 ：长春出版社，2018.12
ISBN 978-7-5445-5207-3

Ⅰ. ①井… Ⅱ. ①井… ②许… Ⅲ. ①游记－作品集－日本－现代 Ⅳ. ①I313.65

中国版本图书馆CIP数据核字（2018）第269976号

井上雄彦再访高迪

著　　者　［日］井上雄彦
译　　者　许嘉祥
责任编辑　张 岚　乔继羽

長春出版社 出版　　吉林省吉广国际广告股份有限公司印制

（长春市建设街1377号）（邮编130061　电话88563443）　　长春出版社发行部发行

880mm×1230mm　32开　8印张　50千字

2018年12月第1版　2018年12月第1次印刷

定价：160.00元（全2册）

www.cccbs.net